只有你聽到

きみにしか聞こえない

—CALLING YOU—

乙一

目次

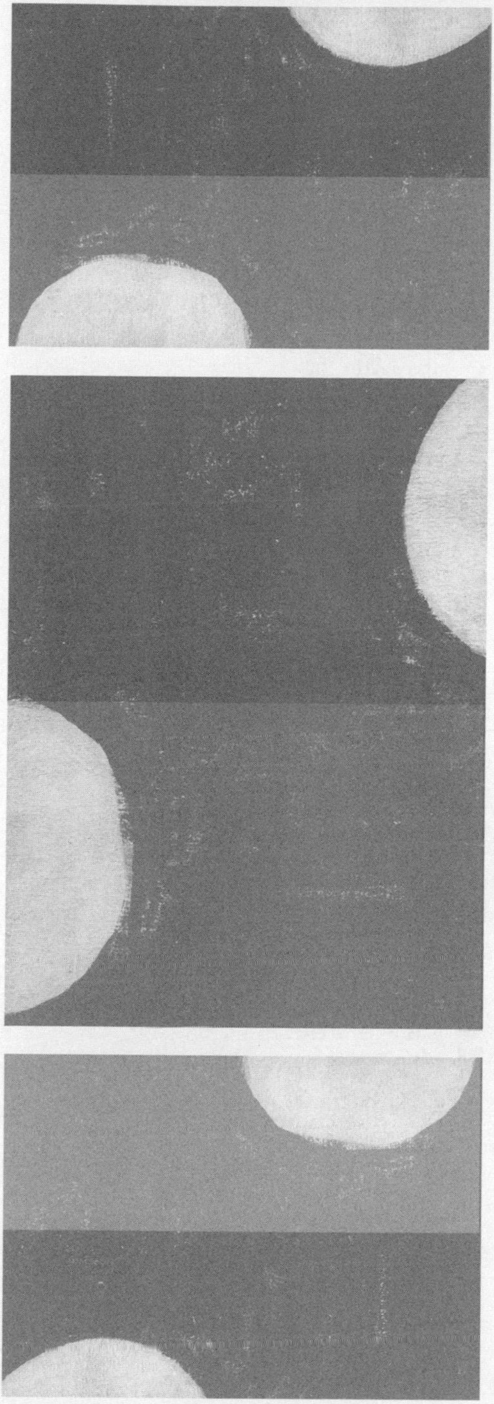

Calling You

1

我大概是這所高中裡唯一一個沒有手機的女生，而且，我不去KTV，也沒拍過大頭貼，連我自己都覺得像我這樣的人實在是太少見了。

雖然校規禁止，但是事實上，學校裡幾乎每個人都有手機。老實說，每當同學在教室裡故意拿出手機時，我就忍不住覺得煩躁，每次聽到來電鈴聲時，就覺得自己被大家拋棄。一看到大家都對著那小小的通訊器講話，我就會再次意識到，我沒有朋友，一個都沒有。

教室裡所有人都透過手機網絡互相聯繫，只有我被摒除在外，就像大家手拉手圍成一圈正開心笑著時，只有我在圈圈的外頭，無聊地踢踢小石頭。

其實我也想像她們一樣擁有手機，但是老實說，我沒有可以說話的對象，我不用手機也是這個原因，更何況也沒有人會打電話給我，順便告訴你，也沒有人會跟我一起去唱KTV、拍大頭貼。

我嘴笨，只要有人跟我說話，我就會忍不住武裝起來，冷淡地回應對方，害怕別人看穿我的內心。我不知道該怎樣去回應對方的話，所以只是含糊地笑笑，結果讓人覺得無趣。後來因為害怕會重蹈覆轍，我只好與人保持距離，盡量少跟別人講話。

我曾分析過造成這一切的原因，最後認為也許是因為我把別人的話太當真了。如果擺明是開玩笑的話，那還好，但是如果對方說的不是真心話，而只是客套話，我就沒辦法立即反應過來。不管跟誰講話，我都只會認真地回答，等周圍的人忍不住笑出來的時候，才知道原來對方是在開玩笑。

「妳這個髮型很漂亮耶。」

小學時，短髮的我曾被一個女孩稱讚，我很開心，還有一種幸福的感覺。之後的兩年，我都維持著同一種髮型。

升上中學以後，我才知道，她的話只不過是恭維而已。有一天在學校走廊上，她領著幾個朋友與我擦肩而過，就在那瞬間，她看了我一下，接著對她的朋友耳語：

「這個女生之前就一直留這種髮型，其實一點都不適合她。」

我不想刻意去聽，但我還是聽到了。一直為自己的髮型欣喜的我，原來是一個笨蛋。類似的事情遭遇多了，我和別人說話時，內心就不禁緊張起來。

春天上高中以後，我也沒辦法跟任何人親近，最後，我成為教室裡一個非常特別的人，每個同學都小心地對待我，雖然共處一室，我卻有一種被排除在外的感覺。

最難熬的是下課時間，同學們成群聚在一起嘻哈玩鬧，只有我一個人呆坐在椅子上。教室裡鬧得愈是歡樂，只是愈凸顯我的格格不入，以及擴大我內心的孤獨感。

沒有手機就代表我沒有朋友，這件事情一直讓我非常在意，我自認為無法輕鬆地與別人談話或有良好的互動是一種病態，也覺得交不成朋友的自己是個沒用的人。

在教室裡，我經常裝出一副若無其事、很自在的樣子，不介意沒人跟我說話。要是這樣的自己真能不知不覺間變得無所謂的話，那該有多好啊。

每當在手機貼上大頭貼的女生們一搖晃那可愛的手機吊飾，我就覺得受不了。想必她們一定有很多朋友，手機的電話簿裡也都是電話號碼吧？每次只要這麼一想，我總會既羨慕又難過，心想要是自己也可以這樣就好了。

午休的時候，我經常待在圖書館，因為教室裡沒有我可以容身的地方，整個學校只有圖書館才能容納我。

館內很安靜，空調設施齊全，現在是冬天，暖氣從牆邊的暖爐冒出來，對於怕冷又容易感冒的我而言，是個非常棒的地方。

我盡量不往有人的地方去，選在有暖氣附近的桌子坐下。在下午課堂開始前的幾十分鐘裡，我有時會讀那本很喜歡而翻了不知多少遍的短篇小說，或是午睡來打發時間。

有一天，我趴在桌上閉著眼睛時，突然想到了手機。

最近我常在想，如果我可以擁有手機的話，要拿什麼樣的款式好呢？只是想像的話就不會給人添麻煩，也不會失敗，想怎樣就怎樣。

我喜歡白色的，摸起來感覺光滑的更好。

不知道從什麼時候開始，我只要一想到自己的手機，就會覺得很快樂，嘴角忍不住上揚。對我來說，可以想像自己的手機是非常重要的。

放學後，班上最早離校的總是我，這不是因為我腳程快，而是因為我沒有參加社團活動，也沒有一起玩的朋友。所以一上完課，留在學校也沒什麼事，通常都是一個人兩手插在口袋裡，垂著頭回家。

回家途中只要經過電器行，我就會拿幾張手機的廣告單，在公車上出神地看著，看看最新手機型號的介紹，就會忍不住開始想，啊……有很多方便的功能啊，然後不知不覺就到站了。

爸媽經常很晚才回家，我又是獨生女，所以就算早到家，家裡也不會有任何人。

我回到自己的房間，把廣告單放在桌上，然後托著下巴，一邊凝神，一邊像在圖書館那樣在腦海裡想像自己的手機。

我儘可能真實地勾勒這支手機，想像它真實的就像在我面前一樣。我想像中的手機是輕巧型的，液晶螢幕上顯示著時間，微微閃著綠光，這樣就算光線不足也沒有問題。至於來電鈴聲嘛，就選我喜愛的電影配樂吧。電影《甜蜜咖啡屋》[1]裡那首動聽的曲子就很不錯，我要手機用美妙的和弦鈴聲來呼喚我。

兼職工作的母親回到家時，開門的聲音把我從天馬行空的世界裡帶了回來。不知不覺已經過了兩個小時。

無論是在上課，還是在吃飯，我腦子裡都在想著這個夢想中的手機。白色的流線型機身就像陶瓷般光滑，拿起來意外地輕巧，握在手裡剛剛好。可是在現實世界裡，我無法用我真的手握住腦海裡的手機，我只能想像手觸摸到它時的那種感覺。

不久後，我發覺自己無論睜開雙眼還是閉上眼，腦海裡都有一支手機，即使當我看著其他東西時，在另一個與視覺區域不同的地方，也看得見那潔白而小巧的物體。不知從什麼時候開始，這手機的存在勝過我周圍所有的一切，它是如此清晰，輪廓是如此鮮明。

1. 這是一九八七年上映的電影，原片名為《Bagdad Café》，曾在台灣上映，中文片名為《甜蜜咖啡屋》，電影的主題曲便是〈Calling You〉。

由於大部分時間我都是一個人獨處，所以可以不受干擾，盡情地在腦海裡想像它。我一想到這支手機不屬於其他人，而是我所獨有時，就覺得非常快樂。在腦海中，我好幾次撫摸著它光滑的表面。這手機既不用充電，液晶螢幕也不會被弄髒，時間的功能也能好好運作。

這個實際不存在的物體，已深深地刻在我的腦海裡。

一月的某個早上。

天氣很冷，隔著窗，外頭的景色看起來冷冷清清的，雲層很厚，是個陰暗的一天。我被鬧鐘吵醒，睡得迷糊的腦袋勉強整理思緒。雖然是在屋子裡，但從嘴巴吐出來的卻是白霧，我一邊發抖，一邊把亂放在床邊的書翻了一遍。

「我的手機放到哪裡去了？」我怎麼也找不到，已經到了下樓吃早餐的時間了，我卻還覺得奇怪。剛剛在被窩裡作的夢現在變成一片片零散的薄霧，籠罩著整個腦袋。

我聽到有人上樓的腳步聲，直覺認為那是母親。

「涼，天亮了，還不起床？」

「嗯……等一下，手機不見了，我在找……」

我這樣應著在門外敲門的母親。

「妳什麼時候有手機了？」

母親那疑惑的聲音敲醒了我迷糊的意識。

對了，我到底在幹什麼？我的手機根本在現實中不存在，我怎麼會在床邊四處尋找它呢？我完全忘記它只是我在腦海裡恣意拼湊的東西。

當天晚上。

「涼，妳今天忘了戴手錶上學吧，等車的時候是不是很不方便？」

母親一下班回來，就對已經在家的我說。

「我忘了戴手錶？」

我今天一整天都沒發現，不可思議的是，就算不知道時間，我也不覺得怎樣。這是怎麼一回事呢？我雖然覺得很疑惑，但馬上就恍然大悟。

雖然沒有手錶，可是我看到了腦海裡的手機，無意識地用手機螢幕顯示的時鐘來看時間。

可是，虛構而成的東西會指示出正確的時刻嗎？

我看了一下腦海裡手機螢幕上顯示的時間，現在是八點十二分。

然後，我又看了一眼掛在牆上的鐘，分針動了一下，與時針剛好一起指向八點十二分。

我只覺得心跳加速，腦海裡幻想的手輕輕彈了彈同是幻想出來的手機那光滑的表面，發出喀答一聲，很輕、很細，卻在我腦海中迴盪。

放學回家途中，公車上有手機響了，是鬧鐘般的鈴聲。坐在我前面的男生慌忙翻著袋子，關掉吵遍車廂的電子鈴聲，把電話貼著耳朵說話。

由於車內有暖氣設備，所以車窗蒙上了一層白霧，看不見外面的風景。我一邊讓思緒亂飛，一邊不專心地環視車內，車子裡除了我和那個男生之外，就只有一位兩腳跨著走道、手抱購物袋的阿姨，她似乎不太高興地注視著那個正在講話的男生。

我覺得心情有點複雜，在大眾交通工具上和商店內用手機或許會給人帶來不便，可是另一方面，我卻對此有一分近乎憧憬的感情。

那男生一掛上電話，司機就對著廣播器說：

「為免給其他乘客造成不便，請盡量避免在車內使用手機。」

其實這也不是什麼大不了的事。之後，車子安靜地行駛了十分鐘左右，溫暖的空氣讓人感到舒適，我開始打瞌睡。

電話鈴聲又響起來了。最初我還以為又是前座那男生的電話，閉上眼睛沒在意，不一會兒，我發覺情況有點不對勁，瞌睡蟲也隨即消失得無影無蹤。正響著的鈴聲跟剛剛的不同，這一回是和弦的旋律，是我曾經聽過的電影配樂。不過，這也太巧了吧？那音樂竟然和我想像過的來電鈴聲一模一樣。

是誰的電話？

我環視車廂，尋找電話的主人。司機、男生、阿姨，除了我以外，車上只有這三個人了，可是沒人有動靜，而且樣子看起來好像完全沒注意到一直響個不停的電話鈴聲。

他們不可能聽不到的，我滿腦子疑惑，也有點不安。這時，我已經有點猜到了，下意識地緊緊抓住放在膝蓋上的書包。掛在書包提把上我最喜歡的鑰匙圈發出輕微的聲響，喀啦喀啦。

我戰戰兢兢地以視覺以外的神經窺視自己的大腦，我猜對了。那支由我幻想出來的白色手機竟然收到電波，來電鈴聲正在我的大腦裡響著，通知我有來電。

2

一種近乎恐怖的感覺襲遍全身，這種事是不可能的，一定是什麼地方出了問題。

即使世上所有的事物都離棄我，我也堅信在我腦海裡的手機絕對不會背棄我，但是現在，我的手機已經完全脫離我的掌控了。

但是，我也不可能永遠不接電話。我雖然感到恐懼，卻也不能把手機拋棄，因為對我而言，我腦中的這支手機比任何事物都要真。

雖然覺得很緊張、很害怕，但我還是想像自己用手拿起了那現實中不存在的手機，按停了一直響的鈴聲。我猶豫了一下，在腦中對著白色手機開口說：

「……喂喂？」

「啊！那個……」是一個年輕男孩的聲音，從想像的手機那一頭傳來。

「真的接通了……」

他感嘆地喃喃說著，我卻發不出任何聲音。這意想不到的發展令我非常恐慌，下意識就把電話掛了。我一邊思索著大概有人在惡作劇吧，一邊前後左右看看車廂，可是沒看到有那聲音特徵的男生。乘客們絲毫沒發現我腦海裡有電話打來，只是隨著車身在搖晃。

我想我的腦袋大概真的哪裡不對勁了。

到了車站，我給司機看過月票，正要從暖和的車廂踏出寒冷的門外時，那瞬間，音樂又在我的大腦裡響起，由於實在太突然了，害我差點在公車階梯上滑倒。

我沒有馬上接電話，我需要時間來讓心情平靜。公車放下我後就開走了，我深呼吸了一口足以讓肺凍僵的冷空氣，好奇心驅使我接起電話。

我在大腦裡按下了通話鍵。

「喂喂……」

「不要掛電話！或許是太突然了，讓妳覺得害怕，但是這絕不是惡作劇電話。」是剛才那個人的聲音。

我不禁覺得「惡作劇電話」這說法有點意思，覺得必須回應些什麼，於是我既緊張又害怕地開口了。大概因為情況特殊吧，平常和別人面對面時會讓人痛苦的緊張感並沒有出現。

「那個……我不知道說什麼好，我現在是用腦海裡的手機在跟你說話……」

「我也一樣啊，我也是用腦海裡的手機在說話。」

「你怎麼會知道我的電話號碼？我記得我明明沒有記在電話簿裡。」

「我隨意按幾個數字撥打的，試了十次都沒接通，想著這次再不行就放棄了，沒想到就打通了。」

「你第一次打來的時候，我下意識就把電話掛斷了，對不起。」

「沒關係，妳會這麼做是正常的，我手機重撥就行了。」

從車站到我家要走三百公尺左右，街上冷冷清清的，整片天空都被灰色的雲覆蓋著，顯得特別陰暗。路邊一整排房子的窗戶都沒有透出任何燈光，看不出裡頭是否有人。樹木乾枯，修長的樹枝隨風搖動，看起來像是手骨在向人招手。

我用圍巾包著半張臉，慢慢地走，整個人都把注意力集中於那來自大腦深處的聲音。

他自稱是野崎真也，跟我一樣，也是每天在腦子裡思考手機的事。他說他意識到這本來應該是想像出來的電話，卻給人一種非常強烈的存在感，所以在好奇心的驅使下，就試著撥了電話。

「實在是太不可思議了……」

我忍不住小聲說出口，沒想到除了自己以外，居然也有熱中於想像手機的怪人。

一到家門口，我從口袋裡掏出鑰匙。

「不好意思，發生了這麼多事，我想好好整理一下，可以先掛電話嗎？」

「嗯，我也是這樣想。」

老實說，好久沒跟人聊天了，讓我覺得很充實，不過再說下去的話，就會覺得有點混亂了。

我掛掉腦海裡的電話，踏進家門，無人的家裡一片寂靜，黑暗像一頭怪獸猛然撲噬過來。要是在以前，我自然不會在意，但是不知為何，此刻我卻覺得只有自己孤零零一個人的家，空洞得像一頭令人不寒而慄的怪獸，孤寂的感覺在體內急速擴散，我趕緊打開了客廳和廚房的燈。

我泡了咖啡，躲進暖被桌裡，雖然開了電視，卻沒有看。

我一直在想真也這個人，是否真有其人。他是不是跟手機一樣，都是我在腦海裡想像出來的虛構人物呢？一定是我過於渴望有個說話的對象，所以在無意中假想出一個人來。

與其說是跟誰的腦海相通了，不如說是自己生病了才會這樣，病到會想像出另外一個人。同時，我也再次意識到原來自己是如此強烈地渴望有知心的朋友。在教室裡即使裝作若無其事，可是心靈深處還是激動地哭喊著討厭孤獨。沒有人在身邊是多麼痛苦，可是現在，我卻想把自己關在腦海那個只有我的世界裡。

太可怕，太令人不安了。這想像的手機到底是什麼東西？不知不覺間，連我自己也搞不清楚了，我一定要弄清楚真相，這次換我主動打給他。

可是，我不知道真也的電話號碼。糟了，那傢伙把號碼設定為隱藏狀態，我要和他通話，只能等他打過來。

我放棄了原先的想法，試著撥了氣象語音專線一七七，猜想聽到的會不會是天氣預報，我緊張地注意聽著腦海裡的手機，結果傳來了一個女生的聲音。

「這個號碼目前尚未有用戶登記……」

接下來，我試撥了報時台的號碼，結果還是一樣。警署、消防署……我將現實世界裡的各種電話號碼統統撥了一遍，但全都不通。接著我就撥自己喜愛的號碼，每一回都收到留言，表示號碼仍未登記。說這話的女子到底是誰呢？

聽了約十五次同樣的留言後，我心想，如果接下來這個號碼也打不通的話，那就放棄。我按了幾個號碼，在大腦深處不抱任何期望地仔細聆聽，這次居然沒聽到同樣的留言，而是聽到接通的鈴聲，好像已經接通了某個地方。面對事情突然的進展，我雖然看不到對方，卻還是不由自主地端正了坐姿。

「喂喂？」

不一會兒，手機那頭傳來一個女生的聲音，我不知道要怎麼反應，一時語塞。我忍不住想，說不定這女生又是我想像出來的人。

「那個……對不起，突然打電話給妳。」

「不，沒什麼，反正也閒著。妳叫什麼名字？」

我報上自己的名字。

「噢，是涼嗎？我叫由美，是大學生。哎呀！妳好像很困惑，是不是還沒適應用大腦的電話講話？」

我把所有事情都告訴她，還向她說明剛剛有一位我不認識、名叫真也的男生打電話給我。

「妳為這突發的狀況而感到困惑嗎？不過，這也沒什麼大不了的。」

由美又透過腦海裡的手機說。她今年二十歲，好像是自己一個人住。由美跟我說話時，聲音溫柔沉著，讓滿腦子混亂的我安心不少，感覺自己被暖意所包圍。

「我也是這樣，所以能理解妳的心情，妳現在還在懷疑，那個真也和我是不是妳自己幻想出來的人對吧？」

她完全說中了我的心思。她告訴我這種想法是不對的，還教我證明的辦法。

「下次真也打電話來時，試試我現在教妳的方法，就可以證明他是個真實存在的人。」

「真的要用這麼複雜的方法嗎？」

「事實上還有更簡單的方法，但我不告訴妳。」

我暗暗嘆了口氣。

「不過，他可能不會再打來了。」

「一定會打來的。」

由美自信滿滿地說，接著又告訴我那無形電話線路的一些事情。

例如，我真實地開口說話，不管聲音有多大，周圍空氣震動所產生的聲音是傳不到大腦電話那邊的。至於使用大腦電話時，只要心中想著要說的話，話語就能傳達給對方。

另外，許多時候，電話的主人並不知道自己的電話號碼。既沒有電話簿，又沒有查號台，所以要打電話給陌生人，只有依靠偶然。當然，我也不曉得自己的手機號碼。

「電話號碼總是被設定在隱藏狀態，即使改變了設定畫面，功能也變不了。」

我一邊聽著由美的說明，一邊想起剛才真也的號碼也是設定為隱藏狀態。如果真也真實存在，那麼他是撥了哪個號碼來接通我的手機呢？

由美還告訴了我一件很重要的事。

「好好聽著，有時候電話這頭和那頭會出現時差。妳那邊現在是幾年幾月幾日？」

回答了她的問題，才知道我們之間有好幾天的時差。相對於我現在的時間，由美似乎是在數日後的未來世界裡跟我說話。

「每次打電話的時候，都必須確認時間嗎？」

「時差是固定不變的，所以沒那必要啦。即使電話被掛斷了，這一邊要是過了五分鐘，電話那頭也同樣會過了五分鐘的。」

至於為什麼會產生這種時差，她好像也不知道。也許是因為與時間有關的因素包含在號碼當中，或者是因為打電話的人不同而引起的差異吧。

「真也可能會再打電話來的，我先掛斷了。哎呀，沒什麼好顧慮的，妳下次再打來吧，按一下重撥就可以了。我還想再跟妳聊聊呢。」

結束了與由美的通話，她對我說的「我還想再跟妳聊聊呢」讓我高興了好一會兒。接到突如其來的電話還能鎮定地應對，她可真是個成熟的人，我跟她實在相差十萬八千里。

真也打電話來是在兩個小時後，這回我多多少少可以從容應對了。

「上次之後我稍稍思考了一下，我覺得妳說不定是我幻想出來的人。」

他說了這樣的開場白。不管是剛才的由美，還是這個人，他們的想法都不謀而合。我一邊重新泡咖啡，一邊解說從由美那裡聽來的有關大腦電話的資料。即使現在爸媽在身旁看著我，想必也看不出我在跟別人通話吧？因為我只是拿湯匙攪拌著杯中的咖啡而已，嘴巴卻一動也不動。

「現在我的手錶指向七點整。」

「我這邊是八點。」

我跟真也之間也有時差，只是不像和由美的那麼大。雖然活在同年同月同日，不過電話那頭的他卻活在比我慢六十分鐘的世界。

「那麼，為了確認我們各自都是真實存在的，來試一試那個女生所說的方法吧？」

十分鐘後，我把自行車停在便利商店旁。四周漆黑一片，便利商店內被日光燈照得很明亮，我腦中的電話一直處在通話狀態。

兩分鐘後，真也告訴我，他也到了便利商店。也就是說，在我到達約五十八分鐘前，他就走進位於某處的便利商店裡了。

我站在擺雜誌的地方。

「今天好像是最新一期《週刊少年Sunday》的出刊日。妳那邊的便利商店裡也有這本週刊嗎？」

「有。」

「妳看《週刊少年Sunday》嗎？」

我坦白承認，我不是這本漫畫雜誌的讀者。

「我也是，那麼我們都完全不知道眼前這本雜誌的內容了。」

「因為今天才剛剛上市，所以不可能事先看過。那我問你，本週《週刊少年Sunday》第一百四十九頁上刊登著什麼漫畫？」

「我現在就查看一下。」

我說的是有據可尋的頁碼，當然，我並不知道答案。

由美教我的所謂「方法」，就是指這個，讓對方去查自己根本不可能知道的事，然後對照答案，根據對方答案的正確與否，就能判斷對方是否真的存在。

「一百四十九頁是……〈Memory Off〉，是安達充的連載漫畫，而且是後篇呢。」

真也說出答案。如果答對的話，那麼電話那頭就不是我自己的幻想世界，而是寬廣的現實世界。

我拿起面前的一本《週刊少年Sunday》，翻到真也說的那一頁。

真也是真實存在的人，他正活在這世上的某個地方。

這次輪到他向我發問，我得回答他的問題，證明自己也是個真實的人。

「三百五十五頁的第三個畫面上寫了什麼？」

我找出他指定的頁數。

「上面畫了穿著怪異的人，還有古怪的對白。」

那是不堪入耳的對白，我難以啟齒。

「什麼呀？回答得具體一點吧。哦，等等，我看一下。」真也說道。之後，傳來他高昂的聲音，「真的，就跟妳說的一模一樣！妳也是個真實存在的人！」

我打從心底笑了。雖然我的臉上沒有流露出來，可是心聲卻直接傳送給真也，發覺他聽到了我的笑聲，感到有點不好意思。依靠大腦電話來談話，要掩飾情感不容易，這跟以前與別人接觸的方式實在無法相提並論。

這樣一來，我也證明了自己的存在。不過，這種相互驗證的遊戲太好玩了，所以我們像這樣輪流發問了好幾次。一脫口說出無厘頭的話，我們就笑個沒完，腦海裡就一直縈繞著兩人的笑聲。

此後，真也經常打電話給我，剛開始是簡短的聊天，不久我們就能聊上一、兩個小時。

不知從什麼時候開始，我會熱切盼望他的來電。每到下課，教室裡的我獨自看著大家開心地喧鬧時，就熱切期盼大腦裡奏響那熟悉的旋律。電話一響，我就迫不及待地接聽，像長期關在牢裡，終於被允許到鐵窗外走走的犯人。當然，所謂「犯人」只不過是打個比喻，我還是很慶幸自己不曾嘗過牢獄之苦。

真也十七歲，比我大一歲。從我這裡去他住的地方，坐飛機和巴士約需三小時。

「我性格很內向。」

他親口說，但我無法相信。至少從跟他用大腦電話交談後的印象來看，他不是這樣的人。

「我也是。」

「是嗎？聽不出來啊，不過這次算妳贏好了。但是話說回來，自從透過大腦線路交流以來，我覺得自己好像健談很多。除了重要的事外，我們好像什麼事情都能聊呢。」

他也跟我一樣，沒有能親密談心的朋友。

「我可不是自誇，我從早上進校門到傍晚放學，一句話都沒說可是常有的事。」

果然不值得驕傲。

「那個時候，我覺得以後的每一天都會這樣過。這世界如此之大，竟沒有與我並肩而行的人，我就好像被遺棄在荒漠裡一樣淒涼。老實說，我不知道妳能否體會這種恐怖的感覺……」

我一個人在學校前的公車站等車，一面聽著他訴說。冷冽的寒風刺痛雙頰，呼出白濛濛的氣息，彷彿把靈魂也凍結了。

「我非常了解……」

不久，我們的大腦每天將近二十四小時都在連線。反正不用花電話費，腦海裡的手機就像經常處於免費通話服務的狀態。我也常跟由美聯繫，也問過她，但她似乎直到現在都從未收過電話費帳單。

我和真也無所不談，以前讀過的小說、對青春痘的煩惱，連自己現在用的牙膏牌子也告訴他。我跟他分享我喜歡吉卜力的電影，蒐集龍貓的小物品。我告訴他，我房間裡有三十多隻龍貓。

我也聽他提到很多自己的事，例如他小時候玩的遊戲、曾經骨折的回憶，還有那貼在摩托車駕照上的大頭照被拍得多醜。

「那照片真的糟透了，完全不能用來當作身分證明。有一次，我打算加入影片出租店的會員，給店員看駕照時，人家卻一臉狐疑，不相信證件上的人就是我。」

接著他提到了自己經常流連的垃圾場。

「雖然說是垃圾場，但也不過是附近一塊用來丟棄電子廢棄物的空地罷了，因為很少有人去，所以我待在那裡覺得非常平靜。我只要模仿生鏽的冰箱，抱膝而坐，心情就會變得非常愉快。在那裡不時會找到一些還可以使用的東西，之前我還撿了一台能放映的寬螢幕電視機。」

「真的是寬螢幕電視機？」

「那倒不是，其實是普通的電視機，只是插上電源後，畫面扭曲，看起來就比較寬，連瘦得過分的女演員也顯得很臃腫，但的確是一台性能很好的電視機。」

「撿到時不要太興奮，因為壞了，人家才會丟掉的嘛。」

他考英文時，我隔著電話查字典提供意見給他參考。高二的英文對高一的我有點棘手，常常會出現我不懂的文法，但我想查字典對他還是有幫助的。

這種作弊不用擔心有人告密，因為從表面上看，他只不過是在鴉雀無聲的教室裡拚命解題而已。在大腦裡一問一答互相呼應，是誰都不會注意到的。

在我考令人頭痛的數學時，真也也在電話那頭和我一起解題。
「互相幫助真的很好啊。」
在得到高分之後，我們相互感嘆。
我經常想像真也呆坐在垃圾場裡的模樣，他不回家，卻流連那種地方，究竟他在垃圾場裡想什麼呢？
「下次在垃圾場替我找一台錄音機吧。輕巧型的，我很久以前就想要了。」
我說完，他就笑著回答「ＯＫ」。之後他還說跟我聊天很愉快。
「愉快？」
「嗯。」
「……第一次有人跟我說這樣的話，真的讓我很吃驚，因為一直以來，我都相信自己有無法與人溝通的性格缺陷。」
「缺陷？」
我告訴他，自己過去因為好幾次過分認真地回應別人說的客套話，而被人嘲笑。

「也許你認為我是個膽小鬼，但是我再也不想因為失敗而遭人嘲笑了。」因為內心恐懼，所以無法與別人侃侃而談。只要有人一跟我說話，我就緊張起來。

每次想到這些，我就心情沉重，深信自己永遠也不會像他們一樣開朗、健談。

「我明白。」

真也的聲音很溫柔。

「被人嘲笑是一種煎熬，但這不是缺陷，因為我們周遭實在有太多違心之論了。」

「違心之論？」

「妳總是很認真地聽他們說的每一句話，並且想對那些話做出積極的回應，所以被那些氾濫的謊言弄得遍體鱗傷。但這不是妳的錯，事實就擺在眼前，現在的妳不是跟我很談得來嗎？」

他的話像一股清泉，我只覺得一直以來折磨我內心的冰塊漸漸在融化。我實在太高興了，高興得淚流滿面。

我也經常與由美通話，她是個很成熟的人，不管什麼事情都能跟她商量，她也和我分享她的大學生活、獨居的酸甜苦辣，甚至還介紹我強力去痘痘的洗面乳。聽她說話總讓我感到安心。不可思議的是，我覺得她的聲音似曾相識，宛如一股清流包圍著我。

「我好像在哪裡聽過由美的聲音，會不會是在什麼電視頻道裡出現過呢？」

「怎麼可能啊！」

她慌忙否認。

此外，我們的興趣還非常相近。我們都喜歡看書，她推薦給我的書，我全都覺得有趣。

由美總是那麼容易讓人親近。她似乎沒有討厭的人，在她的字典裡沒有

「歧視」這個字眼，不論是宇宙火箭還是腳邊的小石頭，她都以同樣的態度對待。她從不會把別人的失敗和缺點當成笑柄，倒是常拿自己失敗的經驗來逗人家笑。她就是這樣的一個人。

對於她那寬厚的性格，我充滿敬意，同時更明白了自己的不成熟。我暗暗期許自己要成為像她那樣的人。

「由美有沒有喜歡的人呀？」

基於好奇，我這樣問過她。

「那是好幾年前的事了。」她語帶保留含糊地帶過了。

3

真也住得很遠，但我總感覺他就在我身邊。他是我的知己，是我傾訴的對象，他讓我明白自己並不是孤獨的。現在的我會為一些小事而容易心情起伏不定，在不知不覺間，跟真也通話後，我的內心變得很脆弱。

真也要搭飛機過來。

「我們見面談談吧。」

像往常那樣，當我們聊著對我們而言相當重要，實際上對他人其實不太重要的話題時，這個念頭就乘虛而入，揮之不去。大腦手機固然不錯，不過若大家能一邊喝咖啡一邊談心，一定又是別的意義。

即使我們大腦相通，但在現實中卻隔著非常遠的距離。高中生要克服距離見面並不容易，不過，他還是用自己的積蓄買了張飛機票。

我打算當天搭巴士去機場接他。不可思議的是，我們之前居然不曾交換過相片，因此，我們將會在機場初次看到對方的樣子。

在見面的前一天，我用了家裡的真實電話，在沒有時差的情況下跟他商量細節。這還是第一次，卻令我很高興，總覺得有點害羞。

我先透過大腦手機問他家的電話號碼，之後就用家裡客廳那具烏黑扁平的真實電話打給他。

握緊實實在在的聽筒，聽著他家電話發出的嘟——嘟——聲音，我幾乎要懷疑眼前的一切。其實，那時我大腦的手機還是一直接通著一小時前的他。

「喂喂，是涼嗎？」

從他拿起聽筒的那一刻起，一直以來只有在大腦裡才聽見的聲音，就從那條真真切切的電話線確確實實地傳送了過來。

「不好意思，請妳警告一小時前的我要『留意腳下』！」

他帶著哭聲說，我以為發生了什麼大事。

「怎麼了？」

「我剛剛接電話時，腳的小拇趾撞到柱子上了。」

我忍住笑，跟一小時前的他說了這件事。對我而言已經屬於過去式的真也這麼說：

「請妳告訴一小時後的我說：『為什麼你老是這樣？這可是你太過鬆懈的證據哦！還有，你的物理作業到底做完了沒有？』」

真是個大傻瓜嘛。這時候，我突然驚覺一件事。

「對了……」我對著聽筒喊。

「怎麼了？」

「由美說的簡單方法就是這個嘛，我怎麼沒想到！」

我向處於同一時間裡的真也解釋。

「要確認我們彼此的存在，根本不用去便利商店，只要實際打個電話就行了！」

我想這出其不意的發現勢必會讓聽筒那端的他吃驚不已，但他卻顯得很冷靜。

「什麼？就是這件事？」

「你早就發覺了？」

「一小時以前，妳不是在大腦電話裡說過了嗎？」

跟真也商量好後，我掛斷了大腦電話，按重撥鍵打給由美。她一接電話，我就提到自己終於發現了簡單的方法，來證明我和真也的存在。

「其實實際去打個電話就可以真相大白了，妳怎麼不早點告訴我？」

她淡淡地回應道：

「因為那樣的話就沒意思了，是吧？」她停了一下，彷彿有點遲疑，接著又補充說：「……明天要加油啊。」

第二天。

因為塞車，我坐的巴士遲到了。車上非常擁擠，全都是要去機場的人。坐在我身旁的是一個穿淡紫色外套的女孩，年齡與我差不多，只是化了妝，看起來比我成熟許多，長得很漂亮。她坐著時，把大包包放在膝上。我也想變得像她那樣——坐在那個女生的旁邊時，我這麼想著。

「早上電視報導說，今天是這幾年來最冷的一天呢。」

我對大腦電話裡的真也說。一小時前的他現在已經在飛機上了。我想像他坐在位子上，眺望著腳下遙遠的廣闊大地，忍不住微笑了起來。

我們的對話不可能發出聲音，所以我鄰座的女孩也只不過以為我在凝視著窗外發呆而已。

我喜歡把被暖氣烘熱的臉緊緊貼在冰冷的玻璃窗上。我用手拭去一些蒙在窗上的霧氣，看到一小片天空，飄浮著低沉的雲海，彷彿要下雪了。少了日光的街上，行人寥寥可數，只有凜冽的寒風。外面的風景灰濛濛的，就像被剝奪了所有的色彩。

「原本這時候巴士應該已經到機場了，可是因為塞車，車子沒辦法前進。你那邊會不會誤點？」

「雲層上好像不會塞車，從剛才開始也沒有閃過紅燈，所以飛機再過兩小時就到妳那邊的機場了，我現在看手錶是十點二十分，預定到達時刻是十二點二十分，我們有一小時的時差，現在妳那邊時間是十一點二十分吧？也就是說，再過一小時，我就會出現在妳的世界了。」

「但是不知道我坐的這台巴士會不會提早到耶。」

「那樣的話，到時就換我到車站接妳吧。」

「車站在機場前面，找不到的話就問人好了。」

巴士緩慢前進，我從窗口往外看，巴士旁邊的小轎車也前進得很慢，大口大口地吐著白色廢氣。

「不過，我們要怎樣才能找到對方呢？」

他一下子冒出這句話。我也一直在思考這個問題，但是我覺得既然我們大腦相通，總會見得到的吧。

「這個嘛，如果有個機場裡最漂亮的女孩跟你說話，那就是我啦。」

「妳這麼一說，我倒覺得永遠都找不到妳……」

說我能夠坦然地跟他見面，那肯定是說謊。我已經想過千萬遍了，不過最後得出的結論是我們必須實際地面對面聊聊。

不久，堵塞疏通了，巴士開始移動，窗外的景物不停地往後退，好像要挽回之前耽擱的時間一樣。剛才還在一旁慢吞吞前進的小轎車，現在焦急地加快速度，轉眼就不見了。也許是有人在機場等著吧，所以才超速行駛。

時間來到十二點十三分，看來我是趕不及在他的飛機抵達之前先到機場了。我在大腦裡向他說明了情況。

十二點二十分，按計畫，真也搭乘的飛機應該已經著陸了，我一邊撥弄掛在膝蓋上的小袋子提把上的鑰匙圈，一邊呆呆地回想著我倆的點點滴滴，想起以前我們說過的每一句話，臉上笑容也愈來愈深。想著想著，竟連小學、中學時代的痛苦和悲傷的片段也在腦海浮過，真有點莫名其妙。

我把額頭靠在冰冷的玻璃窗上往外一看，原來已經到機場了。手錶顯示是十二點三十八分。現在的真也已經下了飛機，走進機場了吧？說不定已經出了機場，朝著車站走去了。

突然，司機一踩煞車，整輛車晃了一下，我一直靠著窗的額頭咚地撞了一下，司機廣播到站通知，乘客們都站了起來。我打算最後一個下車，所以繼續坐著不動。乘客從車門魚貫而下，不一會兒嘈雜聲變小，車內漸漸空了。鄰座身穿淡紫色外套的女孩也站起來，拿著她的大包包向車門走去。

「我坐的巴士到機場了，我現在要下車了。」

我用大腦電話說。

「知道了，如果我沒在車站等妳的話，妳就用大腦手機告訴我妳要去的地方。我這邊的一小時後就去那裡找妳吧。」

大部分乘客都走了，我慢慢站起來，一邊掏錢包，一邊走向車門。付了錢走下車，冷風迎面撲來，教不勝寒風的我直發抖。飛機轟隆隆的巨響從天而來，這風是不是這架飛機飛過時造成的呢？我直發愣。那麼，沒有飛機的時代是不是沒有風呢？真也是不是正趕來車站接我呢？我一看手錶，時間已經差不多了，也許他還在機場裡。

我離開巴士，走在人行道上，聽到不知何處傳來哀號聲，卻分不清是男聲還是女聲。接著我立刻發現那不是哀號，而是急速煞車的輪胎摩擦柏油路面的聲音。

我轉過身，剛剛還顯得空盪盪的路面上，不知何時冒出一輛黑色轎車，巨大的鐵塊直直向我衝來，我很快就明白了，車子失控。車窗後方的司機瞪大眼睛，與我對望，慌忙中，我竟然愚蠢地想伸手去攔住那輛車，但只是憑這細細的手臂去阻擋車子的全部衝力，簡直是天方夜譚。

突然，有個人衝出來把我撞開，我倒在人行道上，身後的金屬巨物爆發出巨響，玻璃碎片四處飛濺，那碎片飛到眼前的路面上，有些還從我頭頂上空撒落。

頃刻間，我腦海一片混亂，當我確認不再有東西落下來時，才拚命想站起來。我抬起頭，看見了事故的全貌：那輛車越過人行道，撞上了牆壁，車體嚴重扭曲變形。

有一個男子倒在我身旁，恐怕就是剛剛從一旁撞開我的那個人了。如果不是他，我必定會被撞死在車子和牆壁之間。

人們圍攏過來，在人群中，我看到剛才坐在我身邊的那個女孩。

我慢慢站起來，沒怎麼受傷，只是跌倒時右手擦傷了，左手則仍然捏緊小包包。掛在包包提把上我喜歡的鑰匙圈掉在地上。

撞開我的救命恩人仰躺著，一直望著我的一舉一動，兩片嘴唇在顫動，想說什麼。他的血不停地流，地上都是他的血。

我拖著踉蹌的腳步靠近他，覺得呼吸困難，發不出聲。我忘掉剛才的恐懼感，像人偶似的搖搖晃晃地走到他跟前。

我跪在他身旁，這個男生艱難地呼吸著，可是臉上還浮現出令人難以置信的笑容。他的年齡跟我相仿，或者稍微大一點吧。他的神情一臉滿足，然後拚盡最後的力氣抬起右手，輕輕地撫摸我的臉頰，那一瞬間，我知道他是誰了。

「涼，保險櫃的號碼是……四四五……」

真也吐著血說完這句話，最後閉上了眼，一動也不動。

4

我們被抬進同一輛救護車，駛往醫院。途中，他死了。

就好像作夢一樣，眼前的一切洶湧而來，不斷有人在拽我、推我，試圖讓呆若木雞的我有點反應。

救護車上的一個救護員一邊查看我右手的擦傷，一邊問個不停。他一定也問過我這個重傷的年輕男子是誰，跟我有什麼關係，可是我沒吭半句，完全沒有任何反應。

後來，救護員從他口袋的錢包裡找到了駕照，唸出了他的名字，我知道這就是真也說過的摩托車駕照，貼著一張拍得很醜的大頭照。突然間腦中的濃霧散開，我終於理解了發生在我身上的事情，濃重的悲痛湧上心頭，痛得我幾乎要窒息了。

救護車抵達醫院，救護員沒有發現我一直在默默流淚，直到其中一位喊我。我被扶下救護車。「妳得做一下檢查才行。」醫護人員說著拉了我一把。他們也替我預備了一副擔架，不過我的精神狀態已經恢復，不用人扶也可以走。

我掙脫開好幾個人的手跑了出去。

我往醫院無人的地方跑去。這是一棟戰前就有的古老醫院，可能是不斷在擴建吧，蓋得有點複雜。通道兩旁是一排排的病房，天花板佈滿裸露出來的水管。

我往後看，確認沒有人追上來。拐過角，就到盡頭了。天花板的日光燈壞了，沙發被人丟棄在這裡，積了厚厚的灰塵，這裡是醫院的角落，大概很久沒人來過，好像也沒人打掃過，蜘蛛網縱橫交錯。我坐在沙發上，想辦法讓心情平靜下來，腦中卻一直在思考一個問題。

干涉過去可以改變現在嗎？

如果真也沒救我，也許他就不會死。

我想起大腦手機，沒錯，還一直在與一小時前的他連通著。事發之前我看過錶，那時是十二點三十八分，現在是下午一點零五分，電話那頭是早了一個小時的十二點零五分，離事故發生還有三十多分鐘。

我原以為是輕傷的右手一直在流血，滴滴答答往下淌，我痛得渾身麻痺。這角落寂靜陰暗，從剛才，我的身體就不停顫抖著。我蜷縮在沙發上，開始對著那個想像出來的白色通訊儀器講話。

「……喂喂，是真也嗎？」

「這三十分鐘裡妳都沒聯絡我，發生什麼事情了嗎？妳見到我了嗎？」

一小時前的他還不知道自己會死，也許還在飛機座位上看著窗外的雲。

我覺得胸口像插進了一塊沉重又冰冷的大鐵塊，真也溫柔的聲音讓我覺得更悲傷。

「飛機還有多久才著陸？」

「還有二十分鐘左右，我坐得好累了。涼，妳怎麼了？聲音跟往常不同……」他疑惑不解，一本正經地問：「聽起來很不高興的樣子，發生了什麼事？」

我狠狠地罵自己，遏止自己流露感情，因為不這樣的話，我覺得我的情感都快要淹沒整個電話迴路了。此刻，在悲傷與愛情的哀鳴中，我整顆心都要被撕裂了。

「真也，拜託你，飛機一到，不要出機場，立刻買回程票回家吧。」

頓時，他一言不發。

「為什麼？」

「你還不明白嗎？我討厭你。我不想見到你！我想刪除三十分鐘前看到你的記憶！」

在醫院的沙發裡，我蜷縮著身體，忍受著寒冷與疼痛的折磨，心快要滴出血了。這樣也好，我咬緊顫動的嘴唇以免自己哭出來。

他不救我的話，就會活著回去。或許他會厭惡我突然改變態度，不過之後被車撞到的就會是我，最後也許會死掉。這樣也好。

「妳真的這麼想？」

「……嗯。」

雙方沉默，時間像靜止了一樣。不曉得這局面持續了多久，我只是緊閉雙眼，身體如石頭般僵硬。

在冰冷黑暗宛如深海般的醫院角落，我隱約聽見遠方傳來人們的笑聲。

「妳說謊。」不一會兒，真也打破沉默。「我不知道為什麼，但妳是不想讓我靠近車站。」

「為什麼你這麼想？」

「妳下車前就用大腦電話聯絡過我，不過那是最後一次，之後的三十分鐘內妳都沒說過一句話，儘管我呼叫妳好幾次，可是妳都沒回應，好像把手機扔到了什麼地方一樣。那次聯絡之後，下了車的妳是不是發生了什麼事情，才讓妳這樣對我？」

「不是的！」

「聽著，妳不跟我見面，是想把已經發生的事當沒發生過。但是，時間不可能倒流，發生了就是發生了。無論我怎麼做，對妳而言，最後都是一種經歷。我要去車站接妳，妳阻止不了的。」

真也的話讓我想哭，想像孩子一樣大聲痛哭。我束手無策，難道只能接受他死亡這個事實？

「……飛機就要著陸了，扣緊安全帶的指示燈亮了。」

我一看錶，下午一點十分。我們剩下的時間愈來愈少，我腦海裡浮現出看到他遺體時的那一幕。只要我不在，他就不會死，一想到這裡，我就無法忍受。

「不行，你不能來……」我向大腦的手機傳達了我的話，「真也，來了會死的……」

我只覺得自己為了挽救他，正做出最後的掙扎。

「死？」

他在手機那頭倒抽了口涼氣。如果那時他怕得逃跑就好了，我在心底裡期盼著。

「我剛下巴士，有輛車就闖進了人行道，車子直直地朝我衝過來，我來不及閃避，突然有人從旁邊推開我，那是真也你，但是你卻……」

一陣鬱悶的沉默。

「妳下車時是十二點三十八分吧？」

我要去車站，他說。悲傷與歡喜同時襲來，我感到快窒息了。

「那樣真的無所謂嗎？」

「知道妳不是討厭我，我就放心了。涼，我要去救妳，只是我還沒見過妳，告訴我妳穿什麼衣服。」

我撒了最後一個謊。

「拿著大包包的，穿淡紫色外套的就是我……」

飛機在他的時間十二點二十二分著陸了。十二點三十分，真也已經站在機場裡了。

期間，我們像被什麼追趕一樣拚命講話，我們回味以往談過的話題，為昔日的歡欣對話開心大笑。這本來是高興的事，但我的淚水卻像是壞掉的水龍頭一樣，流個不停。我們超越時間和空間，依靠大腦手機彼此聯絡，每一句話、每一個字，都是那麼珍貴。

不久，兩人的話少了，我們明白，時間已經快到了。

多麼希望時間可以停止，想說的話應該還有很多很多，可是一句話也說不出來。我們之間盪著淡淡的沉默。我抱緊雙肩，強忍著顫抖。

「距離車禍只剩八分鐘了，我要往車站去。」

真也像下定決心似的說，我點了點頭。

我一閉上眼睛，腦海裡就出現他丟開行李大步往前走的畫面，就好像自己在一旁親眼目睹。

「真也，現在離開還來得及……」

他沒聽進去，趕著走出機場。機場的人多到非常擁擠，他推開人群往外走。

「我現在向人打聽車站的位置，因為妳可能會說謊，讓我去不了。」

從機場到車站有一段距離，距離車禍又少了五分鐘，我們只剩下三分鐘。

「一直以來謝謝你的照顧。」

我說出了這句我一直很想說的話。感謝的心情盈滿了整個胸口。

他對我說過，和我聊天很愉快，我每次只要想到，都覺得心裡很甜。我要真也活下去，我是真心這麼想。

「我出機場了，外面真冷，氣溫比我家那裡低很多啊。」

看時間，是下午一點三十七分。在電話那頭一小時前的時空裡，巴士馬上就要到了。

我靜靜地呼吸，吸入醫院裡冷颼颼的空氣，我無法控制一直在發抖的手腳。

如果真也堅信巴士上坐我旁邊的女孩就是我，那該有多好。只要真也的注意力在她身上，他就不會遭遇車禍而死。他不知道我真正的打扮，即使要救我，也不可能從那麼多的乘客中認出我吧。

「車站就在前面三十公尺左右，現在正好有一輛巴士停下來，吐出大量的白色廢氣。妳就是坐在上面嗎？」

是真也的聲音。
在靜寂的醫院一角，我向上天祈禱。
電話那頭，要是即將被撞死的人是我，那現在在這裡的我會怎樣呢？過去的我死了，現在的我，應該也會死吧？我無法想像那一瞬間自己的身體會變成怎樣，只知道一件事情，那就是我與真也的死別。
「我靠近車子等妳下來。車門開了，人們開始下來，先下來的是一個打領帶的男人，不可能是妳吧？」
真也說。這種時候他還在開玩笑。
乘客們一一下車，車上的人愈來愈少了。
我忍受著不斷襲來的絕望感，過不了多久，這個蜷縮在醫院角落裡的軀體會因為一小時前的車禍，被撞成重傷倒下。
「……現在穿淡紫色外套的女孩下來了……」
我希望他相信那就是我，我想起坐在旁邊的她，我也曾希望自己變成她那模樣。

車禍發生，知道有個女孩死了，他這才意識到那就是我。真也，對不起，我欺騙了你，對不起。

但是我只能這麼做。一想起他，死亡的恐懼就消失了，只有無限的暖意在我冰冷的身體裡擴散。

「對不起，謝謝。」

我流著淚哽咽地說。

「……不對！」

「什麼？」

「那不是妳。」

我沒弄懂他那一刻說了什麼。

大腦電話本來就只能傳遞聲音，但是我覺得自己看到電話那頭的他跑了起來。

「現在真正的妳才下來站在人行道上。」

有一個最後才下車、不勝凜冽寒風的女孩，正抬頭仰望飛機在天上翱翔，想著等一下要見面的男孩是否已經到來。

他毫不猶豫地走向那個女孩。

「有車……」

是真也的聲音。

車子逼近女孩，令人絕望的速度讓人難逃一死。他從旁邊推開她……

爆炸聲響徹雲霄，夾雜著玻璃散落的聲音，明明不可能聽得到，我卻覺得自己聽得一清二楚。

我在心裡呼喊著他的名字，手錶的指針正指著車禍發生後的一小時。發生了的事已無法改變，他說過的話又在我耳畔迴響。

在被人遺忘的醫院角落裡，只有我的哭泣聲在迴盪著。

「為什麼……？」

我用大腦手機呼喊著。

「妳犯了一個錯誤……」他的聲音很痛苦，「……包包上不掛著龍貓鑰匙圈的話，或許還可以把我騙倒，可惜……」

他的話漸漸虛弱起來，好像去了無法接收電波的遠方。

「……喂，我現在是仰躺著，還能看見被我撞倒的妳站起來……」

「嗯……」

「妳一臉茫然。被我撞倒後有沒有受傷？」

「沒你傷得嚴重……」

「妳看著我走過來，搖搖晃晃的，用隨時都會倒下的步伐……

然後妳跪在我身旁……

我伸手……」

閉上眼睛時，他指尖的餘溫還殘留在我臉頰上。

「……妳的青春痘沒那麼糟糕……」

通話中斷了，只聽見那空虛的聲音。

嘟——嘟——

5

在醫院的角落裡被護士發現時，我已經快被凍死了，右手流淌的血已經凝固。

聽說這場車禍的肇事司機當場就送了命，我沒興趣問事故的起因，接下來我還得向警方和父母親交代情況。我疲憊不堪，如一團爛泥。

我沒對任何人說起大腦手機的事。

參加完真也的葬禮後，我就去了他常提起的那個垃圾場。

那是個下雪的日子，我迷路了，不過最後，我還是找到了。垃圾場裡有許多大型垃圾被丟棄，任憑風吹雨打。

我找到了一個櫃子，是一個隨處可見、放打掃用具的櫃子，上面扣上了一個三位數字的密碼鎖，四四五，我轉到了他所說的數字，開了鎖。

在我的時空裡，真也第一次打電話給我的時間，也是四點四十五分……

櫃子已經生鏽，形狀也扭曲了，但是櫃門卻還能開關自如，裡面放了一具輕巧的錄音機。原來他一直都記著我們曾有過的約定。

在細雪紛飛的垃圾場，我抱緊錄音機，站了許久。

「妳說我和妳之間只有幾天的時差，原來是撒謊。」

我問由美是不是這樣，她沒有否認。

在真也死去的前一天，我曾經打過電話給由美，想起那時她囑咐我要加油，彷彿早已知道意外發生，我這才發現了她真正的身分。

「一直以來都很感謝妳，我常常想，要是能成為像妳那樣的人該有多好啊。」

在大腦電話那頭，她點點頭。

「加油。」

那是我最後一次打電話給她。

幾年過去了，我經歷了很多，也交了朋友。上了大學後，我買了真的手機。

那是一段一個人也能活得很瀟灑的日子。當我雙手沾滿泡泡在洗碗時，不經意間，塵封了好幾年的大腦電話響起了久違的來電旋律，是電影《甜蜜咖啡屋》的主題曲〈Calling You〉。
來了。我閉上眼睛，在大腦裡接聽那積滿塵埃的手機。
「喂喂。」
「請問……」
電話那頭是迫切的女孩聲音，交織著迷惑和不安。
我百感交集，眼眶發熱。
「不，沒關係，反正也閒著……」
然後，我報上了假名字。
電話那頭的女孩說話沒什麼精神，她還沒意識到自己撥的這個號碼就是打給未來的自己的電話號碼。
我在心裡想對她說——
現在的妳也許會因為很多事情而受傷，感到孤單寂寞。也許沒有可以依靠的朋友，還要獨自走在教人悲傷落淚的冷風之中。

不過，沒關係，不用擔心。即使再痛苦，還有那台錄音機永遠在身旁給我們勇氣。

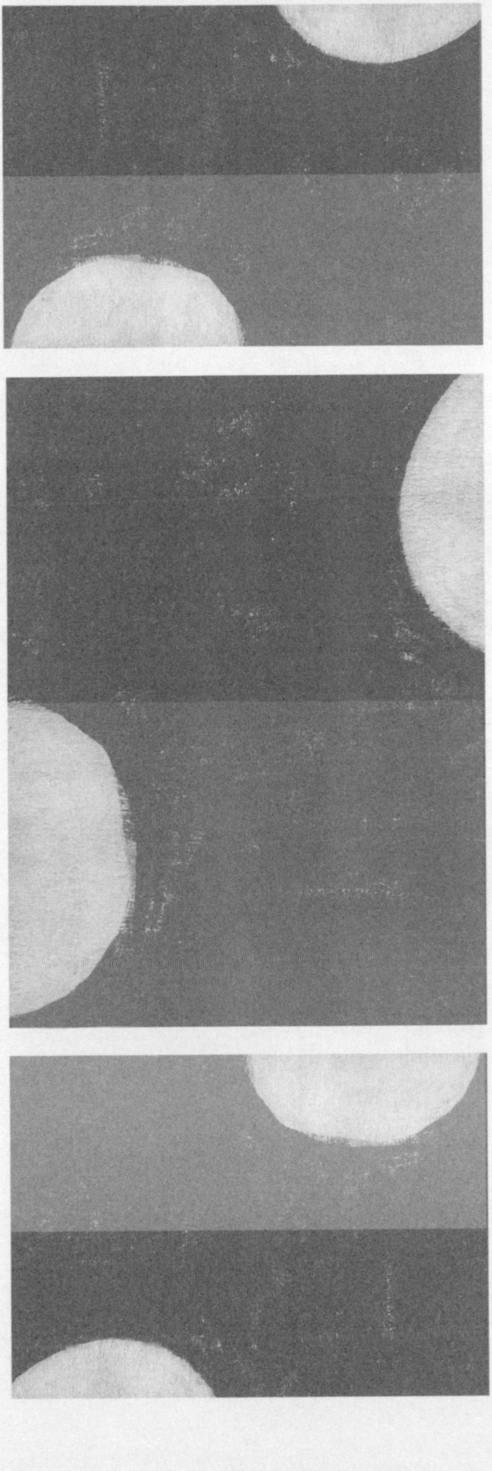

傷－KIZ/KIDS－

1

我讀的小學有一個特教班，集合了一些問題學生，天生的弱智兒、不說話好幾年的、因殘疾而不能適應普通班級的學生，都集中在那裡上課。

特教班的教室被安排在學校的角落裡，完全與其他小孩隔絕。由專門教導問題學生上課的老師負責整個班級的運作，照顧這些分不清鈕扣和糖果的學生，防止他們因誤食而噎到。這個班級不分學生的年齡，只要被視為無法適應普通班級生活的學生，就會被編到這一班。

一天，上游泳課前，我在更衣室脫下上衣、露出上半身時，同班的一個傢伙開口說：

「聽說呀，你身上那個傷疤是你爸弄的對吧？」

他得意揚揚地指著我的背，吸引了在場所有人的目光。

我背上有一道傷疤，是幾年前老爸喝醉後，用熨斗砸我造成的。那一塊傷疤又黑又紅，非常顯眼，我討厭讓別人看到這道傷痕，所以總是把它隱藏起來。

「喂，說話呀。那是你爸幹的吧？你們父子都不正常啊。」

他指著傷疤喊道，在場的同班男生都盯著我的背偷笑。

在更衣室的角落放著一把清洗泳池的長刷，長長把柄的一頭有個綠色刷子。我緊握著這把刷子，二話不說就向那個一直指著我背部的傢伙揮打。他流著鼻血哭喊，一直道歉求饒，我還是一直打。

第二天，周圍的老師們在調查過我的家庭背景後，認為我可能精神上有缺陷，最後，決定把我送到特教班。

特教班的老師是一位戴眼鏡的阿姨。我每天和那裡的小孩用剪刀剪紙，然後做成色彩鮮豔的色紙圈，再把色紙圈做成鍊子，無意義地裝飾在教室的天花板和牆壁上。

「我們班上已經很多學生了，而且，我也沒信心能教好那樣的小孩……！」

據說當初她曾如此向校長申訴，顯然她已知道我之前犯下的暴力事件，也許她是擔心我會找班上其他同學的麻煩。但是最後，校長沒有理會她的請求。

在我轉讀特教班後的第一個星期裡，她看著我的眼神總是充滿恐懼，害怕我這座火山不知何時會爆發。

但是，讓她大感意外的是自從我成為特教班學生以來，幾乎沒使用過暴力，也沒揮過拳頭。就算有年紀較小的同學打翻了我那份營養午餐，我也沒生氣。

「你不生氣嗎？」

老師問我。

「一開始會生氣呀，因為我也想吃嘛。不過那小不點才一年級，又不是故意的，我也沒辦法吧。」

老師吃驚地看著我。

「你好像跟報告裡寫的有點不一樣。」

我很快就喜歡上這個班級，這裡沒有心懷敵意的人，也沒有會嘲笑別人的人，這裡的學生都不曾找過我麻煩。

特教班中，有接近一半的學生不會自己上洗手間，此外，有不會開口說話的，也有總是畏畏縮縮的學生。不過，大家不管做什麼都很認真，拚命地想趕上正常的學生，沒有空閒去嘲笑對方。

這個教室裡，只有難以在其他地方生存的小孩的笑臉，和那份隨正常小孩成長而逝去的純真。

四月的時候，一個男生轉到我們班上，跟我同是十一歲。他是從其他學校轉過來的，但是對誰都不發一語，於是就被編到特教班來。他皮膚白皙，個子很小，被老師牽著手戰戰兢兢地走進教室，瘦小的身體穿著黑色長袖、長褲，一張清秀的臉像陶瓷娃娃一樣。

他就是安里。

在特教班，老師每天都會分發上課講義，依學生不同的智商程度，課題的難易度也不一樣，不過安里一直都是用程度最深的講義。雖然他不能跟同學們打成一片，但他總能把老師交代的功課做得很好。然而他從來不跟別人說話，一到休息時間，他就蜷縮在教室的一角看書。

一天，我被叫到教職員辦公室，原來是昨天被我咬傷手腕的老同學和他媽媽來了。大人們對於我咬傷那傢伙的手腕這件事非常生氣，到現在他手腕上的牙痕仍清晰可見。

大人們質問我為什麼要咬人，我說是因為他欺負特教班的同學。結果，我被罰跪在教職員辦公室的地板上，那對氣呼呼的母子看了才罷休走人。

老師們和偶爾來辦公室的學生，都盯著跪在地板上的我。替我辯護的只有特教班的老師，不過沒關係，這種事反正我也不在乎。

當我罰跪的時候，老師們七嘴八舌地談論起安里的家庭，我裝出一副絲毫不感興趣的樣子，其實卻仔細地聽著。

「剛送去特教班的那個孩子，就是家裡發生那件事的小孩吧……？」

一位年輕女老師問道。

所謂的「那件事」到底是什麼，我最後還是搞不清楚，不過我卻聽到了不少安里家的事。

他沒有父母，父親好像是幾年前死的，而母親則在坐牢。我猜老師口中的那件事，可能是關於安里母親的。

由於父母不在身邊，他就輪流寄居在親戚家裡，輾轉各處，現在好像是住在幾乎沒什麼血緣關係的親戚家。

我對安里備感親切，因為我也是寄人籬下。

直到老爸住院前的一個月，我都和父母住在一起。老爸一沾酒就到處咆哮，總是怒罵我和媽媽，狂躁地破壞物品、亂扔東西。以前他很努力工作，直到不久前他開始什麼也不做，只會待在家裡無所事事。他高高揚起的手臂揮舞著結實的拳頭，我和媽媽常被他痛打。粗暴的老爸真的很可怕，我和媽媽曾經來不及穿鞋就光著腳奪門而逃，記得當時四周一片漆黑，媽媽牽著我的手，一邊摸黑走，一邊等待老爸的情緒平靜下來。

以前老爸在公司上班時，聽說大家都很喜歡他，但現在卻沒有人不討厭他。他自己似乎也察覺到，想必很清楚附近的人是怎麼詬稱自己，是用什麼樣的眼神看待自己。

媽媽一直在忍受著，直到老爸住院後，她才鬆了口氣，因為老爸已經病入膏肓。我想我和媽媽的平靜日子要開始了。就在那個時候，媽媽說要出門去買東西。

「我順便去一下郵局，會晚點回來。」

她說著，穿上拖鞋出門，然後就再也沒有回來，拋下我遠走高飛了。但是我並不知道這件事，一直等到深夜，後來知道她不會回來，我鋪上被子就睡了。

不久，伯父和伯母知道家裡只剩我一個小孩，就過來冠冕堂皇地說要收養我，要讓我過平常人的日子。其實他們只是想侵占我的家，正因為他們想霸占這個房子，所以視我如眼中釘。

也許因為這樣，安里總讓我覺得很親切。

放學後，大家就興高采烈地回家去。特教班裡有很多自己回不了家的學生，有的不曉得回家的路，有的獨自一人走就焦急害怕，所以很多同學都有家長接送。

我和安里總是等天黑了才回家，好像要賴著不回去。

人少了，教室靜下來，夕陽將整棟校舍染成一片橘。砰地投個球，皮球彈跳的聲音會孤零零地迴盪著，然後漸漸消失。學生們都走了，留下空空的校園，單槓和溜滑梯借著餘暉拉長著它們孤寂的影子，白天的喧鬧似乎只是錯覺，這時的空氣是如此透明、如此純淨。媽媽離開的時候，世界也剛好被染成了紅色。

教室裡只有我跟安里。他總是安靜地看書，我有時候會做手工，有時候會邊畫畫，邊看電視。

安里那不可思議的超能力，就是在那個時候首次展現出來。

一天傍晚，我在用木工刀削木塊。雖然我在唸書方面完全不行，不過我喜歡做手工，以前我照著書做的貓頭鷹飾品，老師非常喜歡，在大家面前稱讚我的作品，還拿來裝飾教室。我以前從來沒遇過這種事情，第一次得到這樣的讚賞非常開心。這次我想做一個小狗飾品，拿著小刀就咯吱咯吱地削了起來，桌子周圍屑末飛散，當我發現的時候，全身已沾了很多碎木屑。

那一天也是剩下我跟安里兩人，他在埋頭看書。跟同齡的小孩相比，他的身體比較瘦小，我真懷疑是不是一陣強風就能把他吹到天上去。他如絲般的細髮蓋到額頭上，漂亮的眼睛一直看著國語課本，好像不用眨眼似的。

突然，我被迫停下來，原來小刀卡在木塊裡了。我使勁拔出刀，一用力之下，從木塊裡拔出來的鋒利刀刃反射了照進窗戶的夕陽光芒，刺得我眼前空白一片，我拿著刀的手就撞到了桌子，在教室裡發出巨大的聲響。

突然，我覺得拿木塊的左手腕很痛——手腕上出現一道十公分長的紅色傷口，血一直流。

我站起來拿急救箱，擔心因為受傷，老師會沒收我的小刀。

不知何時，安里已經站在我身旁，一時之間，我沒反應過來，因為他幾乎從不主動到誰的身邊，所以我以為就算同處一室，他也不會意識到我的存在。

他看到我手腕上的傷，臉色變得蒼白，緊皺著眉頭，呼吸急促，好像很痛苦。

「你還好嗎……？」

這是我第一次聽到他的聲音，很細，顫抖著。

「這種小傷我早習慣了。」

安里抓著我左腕，兩隻手從兩側用力按著，我想不出他要幹什麼，只見他似乎像突然想起什麼一樣，慌忙鬆開我的手腕。

「不好意思，我想這樣的話，傷口就可以止血了。」

這好像是一種下意識的舉動，以為從兩邊施力按住手臂，傷口就會重新癒合。我覺得很好玩，這跟「扭傷的手指拉一下就好」的迷信，還有「弄掉的食物，十秒鐘內撿起來還能吃」的想法很相似。

我覺得他很有趣，於是拍了拍他的肩膀，他滿臉狐疑地看著我。我在教室的架子上拿出急救箱，想要消毒傷口。可能是我的心理作用吧？總覺得傷口跟剛才比起來變淺了，難道是安里那咒語般的治療奏效了？

我回頭看安里，他也正看著自己的左手腕。那天他也是穿長袖、長褲，不過他把袖子捲了起來，露出的肌膚白得嚇人，好像幾年都沒有曬過太陽一樣。

我靠近他，看他正盯著的地方。

安里的左手腕上，就在我剛才發生刀傷的相同位置，有一道相似的傷口，那傷口很淺，沒流出什麼血，長度和形狀都很像是複製了我的傷口一樣。

「這傷以前就有的嗎？」

我問他，他搖頭。他的傷口深淺度跟我的沒兩樣，就像是我的傷轉移給他了似的。

難道是……我馬上否定自己的想法。安里和我想著同樣的事情，盯著我的眼睛說：

「我可以像剛才那樣再試一次嗎？」

我笑著說不要講傻話，但好奇心促使我伸出流著血的左手腕。

就像剛才一樣，安里從兩側按住我的傷口。

啪答滴了一滴血，落在地板上，那不是從我的手腕滴下去的，不知何時，安里左手腕上的傷口明顯加深了，血是從他手腕上流出來的。一直按壓著我手腕的安里，好像在祈禱著什麼，我甩開他的手，看看自己的手腕，刀傷只有當初的二分之一深，那不見了的二分之一到哪裡去了？其實想也不用想，事實就在眼前。安里帶著不可思議的眼神看著自己的左手腕。

「傷口的深度和疼痛都是一人一半。痛楚一分為二，一人一半。」

他半開玩笑說。

從那天開始，我和安里就成了好朋友。我沒向任何人提起他有超能力的事，只要他在別人受傷的身體部位用力按一下，那個人的傷痛就會轉移到他身上。這實在令人難以置信，卻很有趣，我們試了好幾次相同的實驗。

我們躲在保健室前，一發現有受傷的低年級學生，安里就發揮他的超能力。轉移大傷口他會有點害怕，所以我們主要把目標鎖定在小面積像割傷的孩子身上。

「到這裡來一下。」

我們在保健室前拐走了摔倒擦傷手肘的一年級小男生，安里在樓梯下用力按住那小男孩手肘上的傷，男孩很不安地看著我們，接著逃之夭夭。安里捲起長袖，他的手肘上出現一道與男孩手肘上一模一樣的傷口。

轉移傷口所花的時間愈來愈短，不久就變成只要一瞬間就能完成。另外，我們還發現再也用不著去按住傷口了，只要安里碰到傷者身體的任何一處，超能力就已經可以發揮得淋漓盡致。

可是沒多久，保健室的老師發現我們老是躲在保健室前，以為我們想搞什麼鬼，所以命令我們不能接近保健室。

「喂，你怎麼到特教班來的？」

一天，安里問我。我猶豫了一下，就跟他說我上游泳課時，在更衣室裡使用嚴重暴力的事，然後還講了背上那一道傷疤的故事。

聽我說著，安里臉上寫滿了不安與恐懼，然後變成很悲傷。

「你覺得我很恐怖嗎？」

他吃驚地搖搖頭。

「一點也不恐怖！」

「什麼?!」

我覺得自尊心有點受傷。安里看了急忙解釋。
「把人家打傷當然過分……光聽到就覺得很恐怖，不過想想，其實這是一件悲傷的事……」
之後他就沒說什麼，像在思考著什麼似的，過了一會兒，他回頭握著我的手。安里的目光彷彿能夠穿透衣服，直接看到我背上的那道傷疤。剛開始我還不明白是怎麼一回事。
「你現在在做什麼？」
「我覺得自己好像做得到吧……」
我回家換衣服時，從媽媽留下的鏡子裡看到自己的背部，終於明白安里當時在做什麼了。
傷疤不見了。一定是安里在握著我的手時，把我背上的傷疤轉移到他自己身上了。
原來能轉移的並不僅僅是新傷口。
「快把我的傷疤還來。」

第二天早上，我劈頭就對他說，但他只是笑而不答。

之後，就連那些燒傷和舊傷疤，安里都不放過，統統轉移到自己身上。

2

我家位於市郊，是窮人住的地方，說是家，其實只不過是一棟簡陋的小房子。一到夏天，裡面比外頭還要悶熱，而冬天，屋內則比屋外寒冷，躲在被窩裡也差點被凍死。房子跟房子之間的小徑都沒鋪柏油，所以每逢天氣乾燥的日子，窗框上都會滿佈塵土。

長滿鐵鏽的三輪車倒在路邊一個月了，都沒人來處理。一個三歲小男孩只穿著內褲蹲在路邊，拿著石子在地上畫畫。胖胖的大嬸穿著像內衣一樣的衣服，把毛巾掛在脖子上，滿不在乎地走在路上。這地方好像一年四季都飄散著一股惡臭，走過的人無一不皺眉頭。我從小就住在這裡，所以嗅覺也麻木了，聞不出四周空氣有多臭。

不用上課的日子，我討厭待在家裡，於是就跟安里兩人到街上遊蕩，在縱橫交錯、無限延伸的道路上到處亂走亂逛。任何建築物之間的通道，不管多麼狹小，我們都會積極地探索。

那裡有個髒到沒人要去玩的公園，我們常常在那裡玩。公園裡只有長滿鐵鏽的鞦韆和蹺蹺板，在雜草叢中，還發現散落的破啤酒瓶、飆車族的塗鴉痕跡和被人丟棄不用的鐵絲網。角落那裡的輪胎堆積如山，由於浸過雨水，都已經腐爛了。

一個星期天，我和安里坐在公園的鞦韆上，這時一對年輕的母子經過，我們下意識地牢牢盯著他們的背影看，母子倆一臉幸福，手牽著手走在路上。

小孩突然絆倒了，膝蓋擦傷流血。母親溫柔地安撫哭泣的孩子，但是小孩還是哭個不停。

安里站了起來。

「不要理他們。」

我喊他，但是他當作沒聽見，自顧自地往那對母子的方向走去。

安里站在那哭得非常厲害的小孩身旁，滿臉關愛地撫摸他的頭。我知道在那一瞬間，小孩的傷已經轉移到他身上了。小孩的膝蓋沾著血汙，所以看不清傷口有沒有止血。安里穿的是長褲，所以看不見膝蓋，但我可以想像到，褲子下的皮膚一定已經裂開了。

在轉移傷口的同時，疼痛也一併被轉移。膝蓋的傷痛一下子消失了，小孩吃驚地停止了哭泣。

那位母親似乎知道我們幫了她的忙。

「謝謝你們，我得報答你們才對啊。」

她說要請我們吃冰淇淋。

從學校回來的路上有一間看起來好像很好吃的冰淇淋店，只是我們沒有零用錢，每次都只能隔著玻璃往店裡看。只有那一天，我們倆相信神真的存在。

那家店是磚砌的，店裡擺有幾張圓形桌椅，讓人舒適地品嘗美味的冰淇淋。我們眼睛一眨也不眨地盯著玻璃櫃裡各式各樣的冰淇淋，它們都盛裝在類似水桶的容器裡。

到底要哪一種口味好呢？我們完全像站在人生的十字路口上，不知如何選擇。最後，我們好不容易才把決定告訴女店員。帶著小孩的母親付了錢後，便朝我們揮揮手離開了。

在店裡打工的女店員，在小孩群中非常有名。她臉上總戴著花粉症病人用的那種四邊形白色大口罩。

由於她從來不取下口罩，所以有關她樣子的臆測，就出現了不同版本。我們第一次這樣近距離地看她。她確實是戴著四邊形的口罩，不過我們沒再多想，因為吃冰淇淋比研究她更重要。

我們就在店裡吃，我以近乎閃電般的速度把冰淇淋吃掉。為了追上我的速度，安里拚命吃，不過他真是吃得太慢了。

吃完後，我整個人貼在玻璃櫃上，瞅著那些整齊排列的桶裝冰淇淋。戴著大口罩的女店員皺著眉頭從玻璃後面盯著我，我仔細一瞧，從口罩一角發現到嚴重的燒傷疤痕。

「喂。」

我跟她說話。她的眉頭彷彿因受驚而上揚。

「你們怎麼處理賣剩的冰淇淋？扔掉嗎？還是留到第二天？要是好幾天都賣不掉，那不是很不新鮮？」

「……嗯，是啊。」

她困惑地點點頭。

「那麼，不如給我們吃。」

我求她。

「不行。」

「哦，那算了。」

這時，安里終於吃完冰淇淋了，我轉過身。

「再見，志保。」

「你怎麼知道我名字的？」

「名牌上有寫。」

她胸前掛著「SHIHO」。

「原來你還會唸拼音啊。」
「別小看我。」
她看了看我，微笑起來。儘管她戴著口罩，我還是知道的。
「把賣剩的冰淇淋分給你們也不是不可以，不過有條件。」
條件就是要我們幫忙打掃店面。志保只是在店裡兼差，我們打掃完後，她就把沒什麼人買的剩餘冰淇淋分給我們。
對於給吃的人，我們就像朝主人搖尾巴的小狗一樣溫馴，一樣那麼卑微，所以我們馬上就喜歡上她了。
從那天開始，我和安里就經常跑去那家店，幫志保的忙以換取美味的冰淇淋。
志保是一個溫柔體貼的人，會認真地聽我們小孩子說話。她大大的口罩上方有一雙美麗的大眼睛，一笑就輕輕瞇成一條線。為了看她的笑臉，我們常常絞盡腦汁想些無聊的故事來逗她。
自從安里和我比較熟了之後，他也慢慢地跟特教班裡的同學說話了。當然，他也跟志保聊天，我想這是個好的開始。

安里每幫別人轉移傷口，自己身上就會多一道傷口。當他捲起長袖，就可以看到他白皙的肌膚上分佈著很多傷口，有已開始癒合的，也有結了疤的傷痕。我想掀開他的衣服，看看他的肚子是怎麼樣的時候，他卻出乎意料地強烈反抗。看著他狼狽不堪的樣子，我覺得很疑惑，他是絕對不會在別人面前脫衣服的。

安里身上的傷愈來愈多，這並不是件好事，所以我勸他盡量避免使用他的特殊能力。

一天，我們靠在冰淇淋店的櫃台前和志保聊天，店裡開著冷氣，讓人很舒服。討厭我們這些髒小鬼的店長多數時候都把店交給志保，自己跑出去玩柏青哥。

個子小的安里踮起腳尖，下巴壓在櫃台上。

志保拉著他的手說：

「安里，你的手受傷了呀？」

她不斷問要不要緊？痛不痛？顯得很擔心。

我倒沒注意這個。我想是安里在來店裡之前，又跑去幫誰療傷了吧？每次他轉移傷口到自己身上後，都不會做任何處理，大多都任血繼續流著。

志保在全身的衣服口袋裡找了一下，接著掏出一塊女孩子都會隨身攜帶的可愛ＯＫ繃，貼在安里的手上。她並不知道安里有轉移傷口的能力。

安里目光閃耀地看著那塊ＯＫ繃，然後道謝。他好幾天都沒把ＯＫ繃撕掉，總是如獲至寶地一直看著它。

幾年前，學校裡有個討厭的傢伙，個子很高，眼神像惡犬般賊亮。他年紀比我大，總是跟幾個壞朋友混在一起。每次在走廊上與他擦肩而過時，我都不得不提防以那傢伙為首的一群人。他們很討厭我，我總覺得有一天他們會從我的背後拿東西偷襲我。

我明白他們敵視我的原因。很久以前，他曾經拿老爸的事來嘲笑我，因為講得實在太過分了，所以我氣得從學校二樓把他推了下去。

周圍的人都討厭老爸，於是順理成章地連我也討厭，我就很自然地成為他們眼中天生頑劣的壞小孩。

但是，那傢伙小學畢業後離開了，所以我在學校的日子太平了一陣子。

那天，我和安里正要去冰淇淋店找志保。

當我注意到的時候，穿黑色校服的男生已經站在我面前了，原來是小學畢業，現在升上中學的那個討厭傢伙。他還是一臉兇相，所以我不可能認錯人。即使他上了中學，還是可以常常聽到他的惡形惡狀。

我打算裝作沒看見他走過去，可是，我發現我錯了。

就在我從他旁邊經過的瞬間，他故意在我耳邊小聲地說我父母的壞話，接著，一場大戰就拉開了序幕。

這正是他期待的結果。他藏著金屬球棒，對了，聽說他曾經加入棒球隊，而且打擊的姿勢還很有型。

我伸出手臂擋住他揮來的棒子，結果骨折了。

他看著痛得咬牙切齒的我，得意地瞇起雙眼。

一直站在一旁看著事情經過的安里，臉上原本驚恐的表情突然不見了，轉而露出一副漫不經心的空洞表情，搖搖晃晃地走了過來，伸出小手輕輕地觸摸我受傷的手臂。我來不及阻止，他吸收了我手臂的劇痛，在我的疼痛逐漸消失的同時，安里的手臂發出了「喀嚓——」一聲。他面無表情，反而讓我覺得恐怖。

「安里……？」

我不知道該怎麼辦，於是喊了他一聲，但是他好像沒聽見。

安里腳步不穩地朝拿著球棒的中學生走去。站在那高大的傢伙旁邊，安里看起來更小了。那傢伙皺著眉頭，安里走過去，輕輕觸碰他的手臂。

我不知道他到底要幹什麼，也許連安里本人也不知道自己在幹什麼吧？但是下一秒，那傢伙突然哀號一聲，跪倒在地上，穿著長袖黑色校服的手臂，本來應該是筆直的部分變彎了。

我猛地意識到骨折已經從安里的手臂轉移到了那傢伙身上。結果是，他自己拿起球棒打斷了自己的手臂。

原來安里還可以把自己的傷痛轉移給別人。

我第一次明白安里的超能力之中，原來還有這一種能力。親眼看到那傢伙疼痛的樣子，安里這才驚覺自己的行為，目瞪口呆地站在原地。對於自己傷害了別人，他好像受到很大打擊。

我拉著安里的手離開現場，我知道，要是繼續留在那裡的話，安里又會把那傢伙的骨折轉回到自己身上，白白幫助一個不值得幫助的人。

這時，我腦中湧現一個念頭。

要是安里的超能力能夠轉移傷痛的話，那就可以好好利用。只要安里把自己身上的傷痛轉移給其他人，自己就不會受傷，身上的傷痛也不會增加。而且，我還知道誰的身體最有資格充當「傷痛收容所」，就是老爸。反正他快死了，而且要是把傷弄到他身上的話，我可是一點都不覺得內疚。

我們一起去老爸住的醫院，是一家走路就可以到達的大型醫院。醫院正門旁有一尊少年銅像，少年吹著喇叭，腳下聚集了幾隻小鳥，感覺好像是很傾慕少年才聚集的樣子。我跟安里說，這個銅像雕得有點像他，他覺得有點不好意思。

雖說是我老爸，我卻不知道他住哪間病房，這是我第一次來看他。我告訴護士老爸的名字後，終於找到他那間病房。來到房門前，我猶豫著是否要進去。老爸現在還會不會高舉手臂揍我呢？想到這裡，我的腿就緊張得動彈不了。

我從門口偷偷往裡看，插著氧氣管的老爸蓋著被子睡著了。醫生說他也許再也不會醒過來。我想，這樣才好呢。

「安里，你就一個人進去吧。」

我只在門口等著。我很擔心安里能否順利地轉移傷痛到老爸身上，因為他連看到毫不相干的人受傷都會忍不住哭出來。不過，看來是我杞人憂天了。

他獨自走進病房，輕輕地觸摸熟睡中的老爸。只要一瞬間，安里就可以把身上所有的傷痛轉移到老爸身上。

有了傷痛收容所，我們就可以隨心所欲地幫人治療各種傷痛了。醫院裡有一些人，他們的傷痕一輩子也抹去不了，我們就向他們透露我們的秘密，並且要他們發誓守口如瓶，然後安里便用手觸碰他們。

我們只把秘密告訴小孩，因為大人不會相信我們的話，也不會保密。最初，他們半信半疑。不過，當看到那些令人在意的手術疤痕和燒燙傷疤痕不見了之後，他們總會又驚又喜，然後就給我們一些零用錢。

不管是要將誰的傷移轉到自己身上，安里從來不曾抵抗過，他似乎認為與其那些傷在別人身上，不如在自己身上。一看到有人疼痛難忍，他就會比別人還痛苦。

但是，疾病是轉移不了的，每當對著那些備受病痛折磨的人，自己卻愛莫能助，安里總是很沮喪。

得到幫助的人都很感激我們，而我們把所得的微薄酬金全用在冰淇淋店和零食店裡。

我們還是每天和志保聊天。安里的笑臉只在特教班的同學、我，還有志保面前綻放。

傍晚時分，我們會等志保工作完後，一起去那個髒髒的公園，每一次志保都會從後面幫安里推鞦韆。我已經十一歲了，自然不會跟她手牽手，不過安里倒是毫不在意地緊緊抓著志保的手臂。安里也十一歲了，不過身體和心智好像還不滿十歲，所以我一點也不覺得奇怪。

我們三個人老聊些沒頭沒腦的話題，譬如：在說過的謊話中最過分的是哪個，最難吃的菜是什麼菜，還有最理想的死亡方式是哪種。

「我想跟愛人在大海中殉情。」志保說。

我則認為在空無一人的車站月台，橫臥在長凳上，孤寂地死去最理想。

「我嘛……」安里愈說愈小聲，後來就沒說了。

我們抬頭仰望著漸漸暗下來的天空。

聽說志保曾經有一個跟安里長得很像的弟弟，可惜在一場火災中喪命了，因此她非常疼愛安里，但她始終不肯拿下口罩。

從公園回家的路上，我們在轉彎處道別，在那路燈下，我對她說：

「我好想看看志保的臉。」

她點了點頭，把手放在口罩上，像要解下來，可是她的肩膀不由自主地抖了一下，然後跟我說了句對不起，拒絕了我的請求。

就在那時，安里要去摸她的手，卻被我攔了下來。我知道他的用意，他是想把志保的燒傷轉移到自己臉上。

可是，這種做法暫時行不通。

我一直沒提議過轉移志保的燒傷，是因為燒傷的位置在臉部。傷痕會出現在與志保臉部相同的地方，要是能隨便把傷痕轉移到其他部位的話還好，可惜的是好像沒辦法這麼做。

把傷轉移給老爸的身體，我倒無所謂，因為他頭部以下都裹著被子，沒人會發現他的傷。不過，頭部是在被子外面的，如果把臉傷轉移過去的話，馬上就會被發現。秘密絕對不能跟大人說，包括安里的特殊能力還有傷痛收容所的事情，因此，關於志保的燒傷，我打算等找到合適的傷痛收容所後再作打算。

因為沒有跟志保說過安里有超能力的事，所以面對我和安里默默地交流，她無法理解。不過，我想過不了多久，我們就會向她坦白一切。

3

我去了一趟安里寄住的親戚家，那一天他感冒請假。

「你能不能去一下安里家，把這份通知單交給他？」

我正準備離開教室回家，就被老師叫住了。那通知單是用來確認三週後家長是否會出席教學觀摩會。

在特教班進行教學觀摩的意義跟正常班級的不同，我曾經問過老師：

「大家幾乎都沒學習能力，幹嘛還要辦什麼教學觀摩？根本沒必要讓家長來看嘛。」

老師看到我投進意見箱的信，回答了我的問題。所謂的「意見箱」就是放在教室後面的小箱子，同學們每天把自己所想的事情或是感受到的事情寫在紙上投進去，不會寫字的就由會寫字的代筆。

「我想讓他們看看有問題的小孩在教室裡有多努力，就算沒能力學習也沒關係。家長看到無法融入正常孩子世界的小孩，在教室裡踴躍地舉手發言時，不是會覺得很欣慰嗎？」

她在言語之間似乎透露出要教育一個問題小孩真是困難重重。反反覆覆地教了又教，他們還是不懂得怎麼上廁所。苦口婆心地勸他們別大吵大鬧了，還是照樣吵個不停。她說每一次感到絕望時，孩子們在教室裡的那股拚勁就是她的安慰。

「可是，老師，我和安里的家裡絕對沒有人會來的呀。」

聽我這麼一說，老師顯得很悲傷，什麼話都說不出來。

我拿著通知單去安里家，事實上，我一次也沒去過。我知道地址，也曾經路過他家門口，但安里似乎不太想讓我去他家。我沒有問他原因。

我拿著老師給的通知單按了門鈴。這是一棟普通的民宅，掛著門牌，不過不是安里的姓。大門開了，一位阿姨走出來，納悶地看著我。

「你是？」

「我是安里的同學，我拿通知單來給他。」

她點點頭表示明白，讓我進屋。這時我想起了安里，猶豫著該不該進去，不過最後還是進去了。

這是很普通的一個家庭，客廳裡有沙發和電視，開著冷氣。安里在二樓的其中一間房間，簡陋的房裡有一張床，他看起來好像還沒睡著，知道是我進來了，顯得有點慌張，不過聽他的聲音還是很高興。

「你來看我嗎？」

家裡還有一對上國中和小學的兄妹，門外傳來小孩跑上樓梯的腳步聲。

我跟他聊起當天學校發生的事情和老師說過的話。這時，房門開了，阿姨走了進來。

「一起吃晚飯吧？」

我欣然接受，反正就算回到家，伯父、伯母也不會有什麼像樣的東西給我吃。

「安里，你可不可以到一樓來一下？」

「嗯。」

「既然有同學來了，還是先擦擦身子吧？」

那阿姨帶著莫名的得意對安里說，之後還看著我說：

「我想拿濕毛巾給他擦擦汗，但這孩子就是彆扭得不肯脫衣服，也不知道究竟是怎麼回事。」

阿姨離開了房間。

「你感冒前，又去幫誰移除傷疤了吧？」

安里想了一會兒，點了點頭。因為轉移到身上的傷痕還清晰可見，所以他不願意脫掉衣服。

我和安里並肩坐著。家裡的其他人似乎已經吃完了，餐桌旁只有我們兩人。

我覺得在這個家裡，安里有點格格不入，而且其他人好像完全當作我們不存在。

安里不和家裡的其他人說話，其他人也不跟他說話。我看著這情景，覺得安里看起來就像一種油墨染料，滴在風景明亮的水彩畫上，被周圍的一切拒絕，孤獨地存在著。

「你知道嗎？這孩子曾經有一段很可憐的經歷呢。」

阿姨坐在我正對面，好像已經忙完了家事。我感覺到身旁的安里肩膀在顫抖。

「很可憐的經歷？」

「對，沒錯。哎呀，你不知道嗎？他是動了手術才死裡逃生的呀，被自己的媽媽用菜刀砍傷的。」

阿姨像是在閒聊一樣敘述這件事情，就像一齣某個家庭主婦殺夫殺子的悲劇。

安里就在我身旁，可是她卻還是一直講。她不忘感慨這件事有多麼慘絕人寰，也不忘向我強調，安里的媽媽本來只是個正常的家庭主婦。

我揪住她的衣領，恐嚇她以後不要再提起這件事。

我被人半趕出了安里家。我一邊往伯父、伯母家走，一邊想著安里的父母。這時天色已暗，街上只有幾盞零零落落的路燈。我從一座空置工廠後面的小路走過，聽說那老闆留下一堆債務逃跑了。小路上有一隻狗的屍體倒在那裡好幾天了，也沒人來清掃。天上沒有星星，只有潮濕的風夾雜著水溝的臭味，不斷地飄散。

不知不覺中，我想起了老爸。為了轉移傷口，我才去過幾次他住的醫院，儘管如此，我對沉睡中的老爸仍然保持三公尺以上的距離。

承受了別人傷痛的安里，忍著疼痛進入病房，觸摸老爸露出被子外的臉頰。從病房走出來時，安里就不會再說痛。所有的痛苦、所有開始癒合的傷口，都毫無保留地轉移到老爸沉睡的身體。

大家都討厭老爸。他常常破壞東西，又很粗暴，而且還會放聲大哭，一邊喝酒，一邊說些窩囊話，像是再也活不下去了之類。沒人願意接近他，每個人都巴不得他早點死。

我不是讀書的料，也沒什麼優點，再加上有個名聲不好的老爸，所以居心不良的人會故意找我麻煩，碰到這種人，我總是會跟他們打架，但是絕對不會掉眼淚。媽媽走的那天，我也強忍住淚水熬了一夜。儘管如此，老師、同學，還有同學們的父母都很討厭我。

所有的不幸都是拜老爸所賜，所以我一直很痛恨他。

但是，其實在老爸開始怒罵我和媽媽之前，我依稀還記得他是個溫柔的好爸爸。他還在公司裡上班的時候，下班回來時都會摸摸我的頭。我還記得我曾經蹲在他身旁看他做狗屋，奇怪的是，我完全記不起家裡有養過小狗。以前，我們住的房子有個庭院，庭院裡有很漂亮的草皮，看起來很像鋪了一張綠絨毯。老爸手拿鋸子在鋸木板，身上沾滿了木屑對著我和小狗笑，可是我還是不記得自己曾經養過小狗。

或許，這只是我自己憑空捏造出來的幻想吧？可是這麼一想，我又覺得很難過，因為這樣不就是我自己在作白日夢，告訴自己以前的確養過小狗？只要一想起現在住的房子和老爸暴力的模樣，我就無法相信那段快樂時光曾經存在。若真是如此，那就太讓人傷心了。

黑暗之中，我摸了摸背上那道傷疤曾經烙印的地方，不知為何，摸著摸著，突然難過了起來。

那是老爸朝我砸熨斗時留下的傷疤，之後，它轉到安里身上，現在卻烙印在老爸自己身上。

那天，志保下班後顯得很沮喪。在我們常去的公園裡，她坐在滿是鐵鏽的鞦韆上，垂下那張戴著大口罩的臉，我們問她怎麼了，她什麼也沒說。

「這世上有些事情實在太殘酷了，那是你們想像不到的。」

她悲傷地瞇著眼只說了這句話，然後用手輕輕撫摸著安里柔軟的頭髮。

聽著志保的話，可怕的感覺讓我差點大叫。

為了讓志保重新振作起來，安里告訴她自己有能轉移傷痛的超能力。剛開始還只是把這當作玩笑的志保，在親眼看到舊傷不見的時候，就嚇到了。

「我也可以轉移志保的燒傷哦。」

安里一說完，志保的臉馬上就露出光彩。

「求求你，三天就好。幫我弄掉臉上的燒傷，我想跟別人一樣露出臉走在路上。」

她說三天之後，她會領回自己的燒傷，現在只是將傷痕「寄放」給安里。安里點點頭，接受了她的請求。

坐在鞦韆上的志保和安里的視線一樣高，安里輕輕觸摸著她口罩旁露出的臉頰，隨即聞到一股肉燒焦的味道。下一秒，安里臉頰的下半部就多了一塊醜陋的燒傷疤痕。

志保非常震驚地看著眼前這孩子的臉，然後她慢慢拿下口罩，是一張美麗的臉。

我無法正視安里那承受了燒傷的臉，不過，我知道他會為自己可以替志保承受這三天的痛苦而自豪。不管怎麼說，他一直都想看看志保高興的臉，他終於如願以償了。

三天過去了，燒傷還在安里臉上。志保失蹤了，我們再也沒見過她。

安里本來有一張漂亮的臉蛋，所以有很多人憐愛他，可是，自從他把志保的燒傷轉移到自己臉上之後，大家開始避開他，就連那些被安里治好了一輩子也難以治癒的傷的傢伙們，好像也忘記了曾經如何地感激安里，全部都撇過頭不看他。無奈之下，我讓他戴上口罩，就像志保那樣，遮住那不堪入目的傷疤，好讓他安心。

收留安里的親戚會怎麼看待他臉上突然出現的燒傷呢？我問過他，不過他沒回答我。

夕陽西下的時候，我們向老師道別後就回家了。

天空被夕陽染紅了，樹木和房子因為長長的影子，感覺變得更暗了，好像一幅幅剪影一樣。街燈剛亮，微暖的空氣裡總覺得摻雜著令人焦躁的氣氛。

在平常即使經過也不會留意的房屋門前，安里突然停下腳步。不知道屋裡住的是什麼人，那只不過是再普通不過的房子罷了。

那一家的窗戶明亮，霧面玻璃後的人看起來正在準備晚餐，有餐具的碰撞聲，還有小孩子的笑聲。抽風機傳來陣陣飯菜的香氣，讓我想起媽媽。

安里默默地流下淚來。

「你說，媽媽是不是不要我了……」

我突然覺得這個地方很危險，不能留在這裡，就拖著安里的手走遠。

「別這樣，你怎麼會說出這種話？等你媽媽出獄後，不是又能跟她一起住了嗎？」

「為什麼志保不回來？」

「這也沒辦法，她承受不了啊。」

我看著安里，他看起來很茫然，好像忘記了我的存在。只見他直勾勾地望著遠方，低聲說了一句話：

「為什麼活著這件事這麼痛苦……？」

漸漸地，天更黑了，我什麼也沒說，只是一直握著安里的手，腦子裡想著他說的那句話。

剛踏進家門，伯父、伯母就叫我把一個紙箱扛去垃圾場，裡面裝的全是老爸的東西，伯父命令我說，這些已經用不到了，拿去扔掉。箱子很重，我好幾次把箱子放下來喘氣休息，才能繼續往垃圾場走去。

說是垃圾場，其實也不過是在一塊雜草叢生的空地上挖個大洞而已。不是因為有人要來回收而特別挖的，只是大家把不要的東西隨便放在這個不會妨礙自己日常生活的地方而已。洞穴裡堆滿了大量垃圾，飄散著異樣的臭氣，一群該死的小蟲爬上了我的耳朵和頸後。

我站在洞穴旁邊，把箱子倒過來，箱子裡的東西就嘎啦嘎啦往下掉落，老爸以前經常穿的衣服和破舊的鞋子，統統掉到洞穴裡。突然，我發現有個沒看過的小東西卡在洞壁上，雖然我有點在意，但我還是離開了垃圾場，從成千上萬的蟲群中全身而退。

回到家鑽進被窩的時候，不知道為什麼，扔掉了老爸的東西這件事，像塊大石頭壓在我的心上。我很久都無法入睡，只是一直聽著耳邊的風聲。

第二天，我和安里一起去老爸住的醫院。早上開始天氣就變壞，天空的黑雲就像工廠排放出的黑煙一樣佈滿了整片天空，從家裡出來的時候，伯父在聽的收音機預告說下午會下大雨。

安里仍舊無精打采，那天還是長袖衣服和長褲，一副不喜歡露出皮膚的樣子。那用來遮掩燒傷的口罩，大得快要遮住他的小臉。

距離醫院正門銅像不遠處，有一面緩緩的斜坡，沿著樹影婆娑的斜坡走上去，有一塊供救護車停車的空地。除非有緊急病人被送進來，否則平常不會有什麼人出現，剛好適合我們商量事情。

坐在樹林裡，我對安里說：

「把你臉上的燒傷弄到我老爸那裡吧。」

無論如何，我都想盡快幫安里去掉那燒傷，所以只能把它弄到老爸那裡了。或許別人會無法理解他臉上為什麼會突然出現燒傷，不過只要我們裝作不知道就好了。

「可是……」

看到安里很困惑的樣子，連我也不知道該怎麼辦。我撇過臉，對安里說：

「我們沒有別的選擇了！我們必須把那燒傷從你身上弄走，一定要轉移到別人身上！我們不可以再傷害自己了！」

我拉著安里走進醫院走廊，中間我們兩人一句話也沒說。

電梯裡還有一個穿著白袍、醫生模樣的男人。樓上的病人病情出現了變化嗎？我突然有點心神不寧。在到達那層樓的短暫時間裡，我滿腦子想的都是老爸。

即使他病好了，也不見得會來參加教學觀摩。老師說過，要讓家長看看孩子在學校裡認真生活的情景，可是，這個世界上又有誰會想看我和安里生活的點滴呢？離教學觀摩還有好幾天，聽說安里家的阿姨不會來。

我們在這裡出生，在這個城鎮裡生活、上學，這對任何人來說都不過是雞毛蒜皮、無關痛癢的事。

電梯門開了，是老爸病房的樓層，同行的醫生跑了出去。往走廊一看，護士在某間病房前面朝著醫生招手，我有種預感，醫生進去的那間病房應該是老爸的。

我站在門口往裡看，圍在老爸病床前的護士和醫生都回過頭來看我。

「你是……？」

我沒理會醫生的發問，一腳踏進病房，第一次走近床前看老爸的臉。我從沒見過老爸如此消瘦、憔悴，雙頰都凹陷了下去。

躺在那裡的，是我不認識的老爸。

一直以來積壓在內心的憤怒與憎恨，如雪般開始靜靜地融化，我明白，老爸死了。

一股莫名的衝動湧上心頭，我不知道要怎麼反應。老爸死了，卻沒有人會為他悲傷，真的非常可憐。

他活著的時候，算不上是個好人，我的人生也因為他而被弄得亂七八糟。可是一邊酗酒，一邊哭吼著活不下去的老爸其實也很可憐，若現在連我也拋棄他的話，就真的沒有人在他身邊了。

即使只有我這個兒子，我也應該為他悲傷哀悼。我抱住他的屍體流著眼淚，明明很恨他，內心卻痛得受不了。

我對站在旁邊的安里說：

「把之前轉移給老爸的傷，全轉移到我身上來吧⋯⋯」

以他的能力，這應該可以辦到。我不能讓老爸帶著遍體鱗傷離開。

安里一副不知道該怎麼辦的樣子，站在病房門口。

「對不起，這件事我做不到……」

他搖頭，轉身跑走了。

可能是剛才醫生檢查過老爸的脈搏，所以老爸的手臂是放在被子上的。當我看到他的手時，才突然聯想到安里跑開的理由。

老爸的手腕很乾淨，沒有任何傷口。以前安里曾轉移了很多傷疤給他，但現在卻沒有任何傷痕。

我掀開被子，解開老爸的睡衣。聽說老爸動過腹部手術，可是腹部卻連手術的痕跡都沒有。

我追上安里，就在那一刻之前，我一直都被他的演技騙倒了。因為他總是用長袖衣服和長褲把自己包得密不透風，而我也沒太大興趣去看他的傷，所以長久以來我的認知都是錯的。

安里從一開始就沒把傷轉移到老爸身上，他到醫院來裝出一副甩掉傷痕和疼痛的樣子，可是實際上，他是把大家的傷痛都收到自己身上去，包括所有的疼痛、所有的痛苦，所有所有……

4

安里站在醫院正門那個吹著喇叭的少年銅像前，他正在觸摸一個手臂打著石膏、跟我們年紀差不多的女孩的手。女孩的傷一轉到他那裡，喀嚓地輕響了一聲，他的手臂便奇怪地彎曲起來。面對骨折的劇痛，他那清澈如水的雙眼毫無反應，靜如池水。

少女一臉嫌惡地回頭看了看他就走開了，她什麼時候才會發覺自己身上發生的奇蹟呢？

一滴冰涼的液體滴在我的臉頰上，接著，乾燥的石階上一下子佈滿了雨滴。周圍沒有其他人，只有我和安里。

他似乎很累地靠在少年銅像上，呼吸急速，索性扯下口罩深呼吸。他臉上仍然有志保那塊燒傷，很難看，不過現在不僅如此，他的臉上還有其他無數的傷口與腫塊，我強忍著叫自己不要挪開視線。

在我從老爸的病房走到銅像這短暫的時間裡，我看到好幾個奇異的景象：幾個專程來醫院治療的病患，突然不再感到疼痛，難以置信地端詳著折磨自己已久的傷口；有些女孩見到要跟隨自己一輩子的傷痕不見了而歡喜若狂。我還看到發現小孩身上的瘀青不見了的母親如釋重負的樣子。大家都歡天喜地，但沒人注意到那個從他們旁邊經過、傷痕累累的小孩。是安里觸碰了醫院裡所有受傷的人的手，不論大傷、小傷，都一一替他們承受。

他閉上眼睛靠著銅像，過於嚴重的腫塊讓他無法完全闔上眼。

「為什麼你要這麼做？」

我不想要安里身上再增添傷痛。

「看到有人痛苦，能幫他們一下也好啊。」他猶豫了一下，接著說：「反正我是沒人要的孩子……」

「你在說什麼呀……」

「……你看。」

雨中，安里脫下了上衣。他的身體實在太可怕了。無數的傷痕、瘀青和縫合痕跡，還有變了色的皮膚，這根本不是人類應有的皮膚。發紫的地方以及紅色和青色的部分混雜在一起，讓他看起來就像是由世界的苦痛凝縮而成的腫塊，仔細傾聽，就會聽見他全身細胞所發出的無數哀號聲。我有一種不祥的感覺。

他的腹部有一道極為明顯而嚇人的長長疤痕。與其他傷疤相比，這道傷痕顯得特別大。安里指著它。

「媽媽殺了爸爸的那一晚……」他緊鎖眉頭痛苦地說，雨水弄濕了他柔軟的頭髮。「媽媽輕輕搖醒被窩裡的我，她手拿菜刀，然後……」

我想起那個阿姨說的話。他的母親想殺死安里，砍傷了他。這巨大的傷痕就是那時留下的。安里是為了想遮掩這道傷疤才會總是穿著長袖衣褲，因為不想讓人看見他的皮膚。

遠處傳來救護車的聲音，我突然覺得很不安。

他左手的神經好像斷了，手無力地晃著，右手捧著左手肘，就像在抱緊他自己。他搖著頭壓抑自己的哭聲。

「我不想再活下去了……」

那一刻我才恍然大悟，原來安里打算自殺，所以在自己死前，想盡量把更多的傷轉移給自己。他打算治好別人的傷，然後讓自己承受巨大的痛苦死去。

我拚命勸阻他。

「安里，我不知道你媽媽為什麼要殺你。可是她也有她自己的苦衷啊，就像志保不再回來一樣，也像我媽離家出走一樣，她們有她們不回來的理由，只是我們當時運氣不好而已。你一定不是沒人要的孩子吧……？」

雨愈下愈大，安里看著我，流露出悲傷的眼神。

救護車的聲音愈來愈大，幾乎震破我的耳膜。在我們視線中忽明忽暗的紅色救護車燈，告知我們救護車已經抵達醫院，從我們眼前經過，在山坡頂上停了下來。

我們不約而同往那裡看，一群身穿白衣的大人們正在緩坡前待命。旋轉燈的紅光反射在被雨淋濕的石階上。

安里腳步不穩地轉身朝救護車走去。那雙腳一定是承受了好幾個人的腳傷，幾乎無法像正常人一樣走路，他能站著不動就已經是極限了。

我看到了他背上那道傷疤，那是我老爸朝我砸熨斗時所留下來的傷痕。車頂上那旋轉燈的紅光規律地映入我的眼簾，安里瘦小的身體變成黑影。

「安里！」

我呼喊他的名字，他還是朝著救護車走去，我能正常走路，所以很容易就追上他。我抓住他的肩膀拚命想阻止他。

「對不起。」

他很過意不去地向我道歉，在那一瞬間，我雙腿劇痛地倒在地上，痛得我站不起來，這就是他雙腿一直所承受的極度痛苦。

安里現在能正常走路了。要是在平時，他絕對不會讓人背負他的傷痛。當我察覺到他的決心時，這比腳上的疼痛更讓我覺得恐懼。

我倒在雨滴飛濺的石階上，抬頭看著斜坡前方。一副擔架從救護車上抬下來，躺在上面的少年好像遇到了車禍，那個滿身是血的少年看起來好像已經死了。

安里靠近那個少年，我知道他要幹什麼，以他現在不堪一擊的身體，若再承受那少年的傷痛，一定必死無疑。

「……不要！」

我邊吼叫邊向前爬，抬著擔架的大人們回頭看，想知道發生了什麼事情。這時，安里已經走到他們面前。

他輕輕碰了那個全身是血的少年，眼裡充滿著溫柔。

剎那間，他整個人歪倒下去，骨折的聲音好像無數小樹枝被攔腰踐踏時發出的哀鳴，交織著雨聲傳入我耳中。

我慘叫了一聲。安里像一塊破布一樣倒了下去。

我再也顧不了雙腳的劇痛，奮力起身朝動彈不得的安里走過去，我感覺不到任何疼痛，彷彿大腦深處的神經已經麻痺了。

周圍的大人們無法理解到底發生了什麼事，只是遠遠地看著這倒在地上，裸著上身又傷痕累累的少年。

我跪在他旁邊，抱起他，他的肩膀纖細得可怕，這麼瘦小的身軀到底承受了多少人的痛苦啊？我很想嚎啕大哭一場。

「安里……？」

我呼喚他的名字，他勉強撐開眼睛，奄奄一息。

我緊緊握住他的小手。

「你還記得嗎？一分為二，就是原來的一半。把你身上背負的傷痛分一半給我吧？這樣傷口只剩一半深，疼痛也只剩下一半……」

我緊緊抱住安里的頭懇求他。

安里受傷的眼睛注視著我，血液汩汩地往外流，地面被一直下不停的雨水弄濕了，一條鮮紅的血河流淌著。

我們碰上了人間最痛苦的經歷，而我們無力逃避不幸。安里的母親一定也是如此，雖然我不明白她為什麼要殺人，但她一定跟大家一樣，是受不了極度痛苦才做出這樣的選擇。那樣的事情本不該發生，可是，她真的再也無法承受了。

那個不再有人受到傷害的世界快點到來該有多好啊，我閉上眼睛祈禱……

5

「可以告訴我發生了什麼事嗎？」

來探望我的特教班老師問。

「說了妳也不會相信的，而且，這是我跟他的秘密……」

我回答。

我在醫院病床上醒來的時候，已經是五天後的事了。我整個人被繃帶纏得緊緊的，渾身都打著石膏。我想站起來，肌肉卻動彈不得，護士還慌忙把我按倒在床上。

「你伯父、伯母來看過你嗎？」

「嗯，來過，實在是讓我太驚訝了。老師的教學觀摩怎麼樣？還順利嗎？」

她點頭。

當初，醫生還非常感興趣地來查看我的傷勢，護士們又好奇又關愛地照顧著我。警員來過一次詢問情況，不過斷定不是罪案後就回去了。

「班上的其他同學都覺得很寂寞，要快點回來哦。」

「不要騙我了，我不在，他們怎麼會覺得寂寞呢？那是不可能的。」

老師滿臉驚訝。

「哎呀，是真的。你平常那麼照顧他們，大家都很仰慕你呢。」

老師站起來準備回去。

「我先走了，代我問候安里吧。」

我看了看鄰床，熟睡的安里正躺在洗得潔白的棉被裡。

幸好我的右手還可以動，左手腕雖然打著石膏，不過手指還是活動自如，所以好歹還拿得起木塊。我拿起小刀削木塊，雕刻那還沒完成的小狗飾品。我已經很久沒有動它了，現在突然想起來，就決定完成它。木屑撒了一床，和著從窗戶吹進來的風四處飛散，護士看見這亂糟糟的樣子就直嘆氣。

我的手無法用力，所以只能緩慢進行，即使如此，我還是慢慢地做，花了很長的時間削木塊。

小狗飾品完成的那天，我想起一件很在意的事。雖然醫生還囑咐我別隨便亂動，但我已經恢復到能活動的程度了。

「我要出去一下。」

我告訴鄰床的安里。

「啊？我也要去！」

「說什麼傻話？你好好睡覺。」

我確定走廊上沒有護士，就一個人偷偷地溜出了醫院。說是勉強能動，但還是得依賴枴杖，每走動一步就痛一下，走得我全頭是汗。

當我走到垃圾場時，天空已經整片紅了。在丟掉老爸東西的附近，那東西還掛在洞壁的邊緣上。我趴在地上，強忍著手術傷口的疼痛伸手下去，勉強才能抓到它。這到底是什麼？扔垃圾時我瞄過一眼，但是我沒有留意，只是看到小狗飾品時才突然想起它來。

我牢牢握住辛苦取回來的小狗用的項圈，出神地看著慢慢變暗的天空。這是放在老爸的行李中，一個陳舊不堪的小狗項圈。

我還是想不起來到底養了什麼樣的狗，不過，當時還很稱職的老爸曾為我和小狗做過狗屋的事，卻是千真萬確。我一直希望那是事實，原來真的不是我隨便捏造的過去。

一回到醫院，我就被狠狠地罵了一頓。

第二天，萬里晴空。

安里說無論如何都想去醫院的屋頂上看看，所以我像前一天又偷偷溜出了病房。毫無疑問，我想我一定會得到「壞孩子」的稱號吧，總覺得可以想像得到護士那氣呼呼的臉。

通往屋頂的樓梯既昏暗又潮濕，我們兩人一邊拄著枴杖，一邊慢慢地往上爬。這是一段艱難的歷程，我們爬到屋頂時，全身都是汗，繃帶也幾乎都鬆脫了。

天窗的窗戶很小，勉勉強強只能看清楚眼前生鏽的笨重鐵門。我按下門的把手。

打開通向屋頂的鐵門後，光線刺眼得讓我們不得不瞇起眼睛。屋頂很寬，寬到教我怨恨自己不能奔跑。天空非常藍，天氣很好，一呼吸，純粹的喜悅就充滿整個胸口。這裡掛著很多已經洗乾淨的床單，隨風飄動時閃耀著白色的光芒。

我眺望遠處，可以看到小學和志保工作過的冰淇淋店，還有我們三個常一起玩耍的公園。一切看起來都顯得那麼渺小，真令人懷疑自己是否一直生活其中。

「哇！」

安里高興地四下張望，大風舞弄著他前額柔軟的髮絲。從這裡也看得見醫院正門的少年銅像。

我們解下已經鬆脫的繃帶，讓它乘風飛揚，因為心情舒暢，我索性脫下上衣。腹部的無數傷痕中，有一道特別大的傷疤，那是由安里母親造成的傷口，如今只剩下一半的深淺，我們在相同的位置做了相同的手術，分擔了同一道傷痕。

傷口移動那瞬間引起的痛苦非常非常劇烈，不過，那原來只是安里瘦小身體裡所有傷痛的一半而已。

「這個送給你吧。」

我拿出完成了的小狗木刻品，他頓時目瞪口呆，接了過去。他把木雕放在眼前注視，纖細的手指感受著木料的質感，露出一臉喜悅，卻又突然哭了出來。

我問他為什麼哭。

「不知道。」安里搖搖頭，眼眶紅紅的。「我一點也不難過，但是不知道為什麼會流眼淚。」安里回答。

為什麼只有安里擁有這種轉移他人傷痛的能力？那是只有在純潔靈魂裡才配有的自我犧牲能力嗎？那種能力可以讓他生，也可以讓他死。不過，我卻明白老天為何選中他，並賦予他這種能力。

「謝謝。」

我對安里說，他不解地側著頭。

很感謝那時讓我分擔你的傷痛，要道謝的人應該是我。以前你總說自己是沒人要的孩子，其實不是那樣的，真的。

媽媽離家出走的時候，我一個人在黑漆漆的家裡想，世界就是這樣了。在人的一生中，無論走到哪裡，總是會碰到骯髒的小路，而在那裡每一次遇到轉角轉彎時，那野狗的屍體、臭水溝的刺鼻惡臭，都會讓人發狂。所以當志保不再出現的時候，我就想：啊，這世界還是沒變啊！

但當我看著你的時候，我就明白世界並非如此殘酷。以前我一直覺得這個小鎮到處都是鏽斑跟廢物，但是，不是這樣的。你是唯一純潔無垢的存在，就像是惡人的心中或許也有少許優點，所以神才會為這個世界創造了像你這樣心靈純淨的人。

因為你太純潔了，好幾次被人背叛、傷害，所以才會感到絕望。不過，我希望你明白，你拯救了很多人，不僅因你能治癒他們的傷口，而是你總是那麼善良，總是幫別人想很多，將很多人從陰暗的角落裡拯救出來。所以，你絕不是沒人要的孩子。假如你死了，我一定會哭的。
雖然傷口只剩一半的深淺，可是仍舊在我們身上留下嚴重的傷痕。不過，我想我會以此自豪。或許有一天，這傷痕會被轉移或消失，不過，我希望你記得，這個世界上還有一個人願意和你一起分擔痛苦。
我在口袋裡緊握著老爸留下的小狗項圈，遠眺面前一望無際的小鎮，想著在某處的媽媽和志保，只要她們同在蔚藍的天空下過得幸福就好了。這裡沒有被人背叛的憤怒，也沒有悲傷，一點塵埃也沒有，有的只是懷念某人的平靜心情。
我想，痛苦已經過去，從此，一切將會更美好。

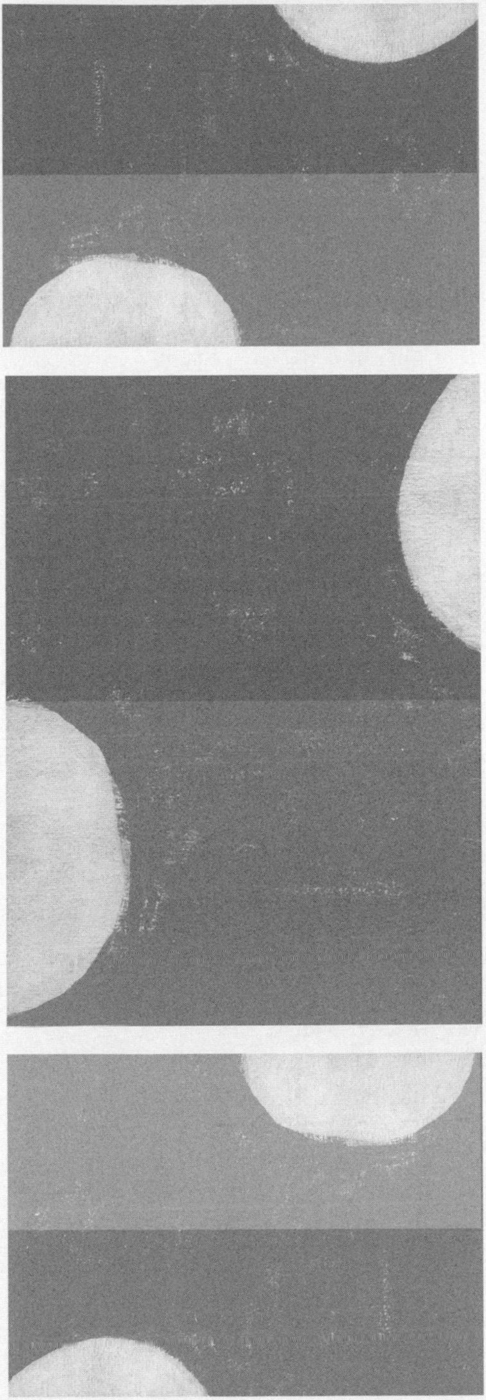

花之歌

引子

一閉上眼，我就會想起火車發生意外那一晚的情景。那是一場讓很多人喪命的火車事故，車廂裡地獄般的情景在我眼前揮之不去，耳邊還縈繞著那一聲聲哀號和母親呼喊孩子名字的聲音。我在擠壓的座位裡目睹了這一幕，車廂內餘煙彌漫，藍色月光從玻璃裂縫照射進來，小孩的一隻小腳從座位縫隙間直直朝上伸了出來，那小腳竟是如此的蒼白。

我所受的傷很快就得到治療，只是不曉得留在心裡的創傷是否可以治癒。很多從火車事故中僥倖活下來的人都被送到綜合醫院接受治療，但我卻進了這間醫院。

醫院是一座巨大的靈柩，死屍在裡面起死回生。病房是一個木造的四角形盒子，恍如一間冷冷清清的囚室。抽屜裡放有體溫計，用來定時測量體溫，懸吊在天花板上的電燈非常暗淡，風颳得木窗震動，薄冰般的玻璃發出細細的聲響。整個房間十分淒清、寂靜。

我躺在床上仰望天花板，那裡聚集了多少人灰暗的目光，那發黑的木頭紋理是被陷入絕望的病人眼神所燒成的吧？是被那漩渦般翻滾的憤怒、詛咒和痛苦燒焦後的痕跡吧？病房的空氣因悲傷和眼淚而變得沉重，讓人每呼吸一次，都覺得嗅到死亡的氣味。

偶遇少女的那個早晨，我的精神狀態也是非常差。住院一個星期，車禍留下的傷痕還深深留在我的心上，讓我痛苦不已。誰又料得到，後來我會愛上那個少女呢？不，在那個早晨，稱呼她為「少女」或許還不合適……

1

我在被窩裡醒來，睜開眼，因噩夢而冒的冷汗已濕透全身。我的手腳僵硬，手指好像要抓住什麼東西那樣動彈不得。寂靜籠罩著整間病房，耳中能聽到的只有自己的心跳聲。我用手撐起上半身，壓得床嘎吱嘎吱響，看了一下四周，同房的兩個病人酣睡未醒。

微亮的天空，朝陽的柔和光線穿透霧面玻璃斜射進來。我打開一點窗，看見被風吹得微微晃動的樹葉。

截成四角形的木窗框，讓人聯想到畫框。縱使走到外面，站在朝氣蓬勃的大自然中，我的內心也感受不到太陽的存在。困在病床上的心靈不曉得黎明的到來，只能在黑暗中備受煎熬。窗外那真實的陽光，是我雙手所不能及的。

腳踏到地上時，我感覺到一股來自地板的寒氣。因為想要洗把臉，所以我穿著拖鞋走出病房，用洗手間的水洗掉臉上的汗珠，看著鏡子裡自己那張可怕的臉。

我討厭病房那個空間，所以猶豫著要不要馬上回去。

我決定去醫院後面的森林裡走走，雖然我不知道為什麼會有這個念頭，或許是因為洗手間的鏡子映出了窗外廣闊蒼鬱的雜木林。遠遠看去，那裡好像是鮮有人跡的地方，而我要找的就是這種地方。

在此之前，我都沒有去過後面的森林。穿著睡衣的我走近雜木林一看，發現一條只容一個人走的陰暗小路蜿蜒著，不知延伸到什麼地方去。

我踏上小路，往前走了一會兒。兩旁的樹木盤根錯節，路面上的黑色土壤光滑得好像被人踏實了一樣。不過，樹根都爬到地面上來，所以道路凹凸不平，感覺隨時都有可能跌倒，但我還是繼續走。

發現這裡的時候，正是我稍稍感到疲勞之時。在小路緩緩向左轉後，眼前豁然開朗，出現一片空地，之前在小路上感受到的壓迫感馬上消失了。

雜木林裡有個接近圓形的廣場，在它的中心，一棵極巨大的樹拔地而起，跟其他樹相比顯得更巍峨挺拔。那粗大的樹幹、長長的樹枝，是普通的樹無法比擬的。不過，這棵樹沒有葉子，只是一棵乾枯的大樹，樹皮白得像石頭，粗壯的樹根像是想抓緊大地般往外延伸。這裡之所以空曠，想必是由於其他樹木都被這棵大樹的氣勢壓倒，無法接近吧。

我在一根要兩手才能環抱的樹根上坐了下來。抬頭仰望，這棵巨大的樹木好像想要用枝幹侵占天空一樣，努力地伸長那粗大的臂膀直衝上天。

我閉上眼睛沉思了一會兒，突然想起愛人冰冷的手指，瞬間，我無法呼吸。

突然傳來腳步聲，是護士經過這條小路，我們不曾見過面，所以她也只是點點頭就走開了。她很驚訝地看著我，大概是因為這地方很少有病人來吧。除了特殊狀況的病人以外，這間醫院鼓勵病人可以做有限度的散步，因此，只要是在醫院的範圍內都可以自由走動。不過，也不時有人違規走遠，入夜未歸，這時醫生們只好向警方求助，搜索病人的行蹤，因此常造成騷動。所以也有些情況特殊的病人，只要一離開住院大樓，醫院就會警戒。

正當我站起來準備回病房的時候，在視線不太清楚的黑色地面上，我發現了一個綠色的點——樹根的部位有一棵奇怪的植物。

不管怎麼看，那都像一朵還沒有開的花，倚仗著大樹的根免受強風吹，隱蔽地生長著。那棵植物很細小，纖細的綠莖上伸出筆直的葉子，葉子表面覆蓋著白絨絨的毛，看上去像掛著朝露般閃亮。莖的上端垂有一朵指尖般大小的花蕾，狀似小球，幾片白色的花瓣柔軟地疊合著，圓鼓鼓的，由綠色的花萼托著。花蕾的重量使得花莖彎下腰來。

比起普通的植物，它倒是很少見，因為在植物的花蕾前端和花瓣的接合處，有像黑色細絲般的東西隨微風輕輕搖擺著。我彎下腰，用指腹輕輕托捧它，細膩的感觸停留在指腹上。這細絲看起來像人的頭髮，但想也覺得不可能，我苦笑了一下。

雖然注意到這株植物，但我沒認真看個究竟就離去了。遠離大樹時，背後卻傳來奇妙的聲音，那是好像有人要從睡夢中醒來的呻吟聲。

我驚訝地回頭看看，卻什麼也沒有發現，只有那棵巨大的樹木在小路一角佇立著。

第二天，有朋友來探望我，那是已經來過幾次，與我有十年交情的里美。

我家從以前就是有名的世家，傭人也有好幾個，里美就是其中之一，從小就在我家工作。在當時，同年齡的我們經常玩在一起，當時男女一起玩的情景還很少見，我想起那些孩子們對我們說過的嘲弄字眼。那時候為了要陪我一起去釣魚、抓小蟲，里美曬得很黑，不像現在，里美的皮膚變白，臉也變漂亮了。

我的老家離醫院很遠，坐車得花一個晚上，因此爸媽留在家裡，每隔幾天就派里美來看我。
　里美一來，和我同房、叫春樹的那孩子就會綻放少見的笑容，平日可都是繃著臉反抗護士的。「這給你坐。」春樹還會特別準備木椅給里美。「謝謝。」里美微笑致謝，眼睛卻對著我，問：「精神還好吧？」
　里美坐下來，把帶來的紙袋放在床上。
「你覺得我看起來不錯嗎？」
　對於我的反問，里美含糊地點點頭，然後伸手進紙袋裡拿出蘋果和書擺在床上，最後拿出來的是一個白色信封，大概是我父母親寫給我的信。
　這幾年來，我都不是直接跟父母往來，因為我當初義無反顧地離開了他們，所以現在總是得透過第三者來互通消息。
「我削顆蘋果給你吃吧？」
「不用了。」
「你有想要什麼的話，請告訴我。」
　然後我們兩人就陷入一片沉默。不久，里美打破沉默，一副難以啟齒的樣子說：

「可以讓我說說這三年來發生的事嗎？」

隨便你，我點了點頭。

我和愛人在三年前離家私奔，期間沒跟里美見過面，也不知道家裡的情況。如今我弄成這個樣子，想必爸媽也很為難吧？為此，罪惡感壓得我喘不過氣來。

里美訴說著我離家出走後的點滴，說的都是大家如何擔心我，可是我耳中聽到的淨是潛藏在話語裡的渾濁私心，而非純粹的關心。人們對家裡唯一繼承人突然失蹤這件事情的反應，父母親的憤怒、然後避談這件事情，還有外人的嘲笑……雖然里美絕口不提那些閒言閒語，但是在我腦海中感覺得到所有人對我的輕蔑眼神。

「別說了。」

我舉起手打斷里美的話，額上滲著汗珠，身體微微地顫抖，里美一副擔心我的樣子。這時，我想起了母親。

「我會為你找結婚對象，那樣的人就不要來往了。」母親就在我的愛人面前這麼說。「再說，家境不明的人，對我們沒什麼好處吧？」

那時愛人悲傷的表情至今仍歷歷在目。第二天，我們就私奔了。之後的三年，我們雖然偷偷摸摸地生活，卻很幸福，直到發生這次的火車意外。

「我下次再來。」

里美離開了病房。

我拆開信封，開始讀父母寫的信，信的內容充滿了嘆息與悲傷。

我覺得那些話語都是在責難我的。生你、養你，最後你卻做出如此不孝的行為——母親這麼寫著。因為你不聽父母的話、太過任性，才會落得今天的下場——雙親在信中哭訴。你做了這樣的事，讓我們無顏面對世人，更讓家門蒙羞——明明信上沒有明確這麼寫，可是我總覺得字裡行間就是這個意思。

我把信紙放回信封，覺得自己怎麼會這麼悽慘，這麼不孝。腦海裡迴盪著周圍嘲笑我的聲音和雙親的嘆息。

病房裡並排放著三張病床，窗邊的這張就是我的靈柩。從這裡往外看，我想著死。住院以來，我每一天都在想，想在大限來臨之前先了結自己，我甚至覺得任何時候都可以自殺。

我仔細想像上吊那瞬間的情景。那種懸吊著、腳下踩空的狀態，在自己的人生裡又經歷過多少次呢？我以前曾經跳入大海，海比想像中的還深，腳碰不著海底。那種踏不到地面的驚慌失措和焦急，在上吊之後也能感受得到吧？

現在要我自殺，我一點也不會猶豫，甚至還想立刻就動手。回過神來，才發覺剛才自己抓破了臉皮，還拔掉了幾根頭髮。每一次都被護士強按住，注射透明液體讓心跳慢下來。

鄰床在嘎吱嘎吱地響，是春樹起床了。

「我去尿尿。」

春樹說著就下了床。春樹的臉上有一道疤，是前幾天跟護士吵架時留下的。不久前，醫院的空地裡多了一對貓母子，春樹很喜歡牠們，還把飯菜全都餵給貓媽媽和貓兒子吃。可是，醫生抓走了這對和睦的貓母子，可能是認為牠們會對病人造成不良影響吧？春樹就是因為這件事情和醫生、護士吵了起來。

春樹抓著好幾天沒洗過的頭走了出去。

留在病房裡的還有一個叫中川的病人。房間裡三張並排的病床，我用的是窗邊這張，春樹在中間，中川用的則是靠近門口那張。

「剛剛來看你的，是你的情人吧？」

半躺在床上的中川問我，嘴裡同時吐出雪茄的白霧。大概是吸菸的緣故，中川的聲音十分嘶啞。

「是受我母親拜託來照顧我的，若要說什麼關係的話，算是我父母的貼身僕人。」

我這麼回答。中川是個暴發戶，住院還戴著金色的手錶，是個有點胖的人。中川背著護士在病房裡抽雪茄，護士一來，就用茶杯代替菸灰缸把菸熄掉，然後裝作不知道。儘管如此，房裡還是充斥著煙味，護士嚴厲質問的時候就大笑，中川就是這樣的人。

平常我們三人很少說話，春樹跟醫院裡的人吵架、扭打在一起時，我和中川都袖手旁觀。在病房裡我們常常得面對面，總覺得很煩，當有別人來探望時就覺得還好，但是如果只剩下我們三人長時間在房裡的時候，連空氣也變得煩躁起來。沒有人講話時，中川就會一邊彈舌，一邊無聊的樣子走出病房，春樹也會焦躁起來。

該說話的時候我們還是會說，不過絕對沒有那種彼此接納的氣氛。春樹年紀輕輕的，有時粗俗在所難免，中川則剛好相反。我們三人都用相互觀察的眼神來看對方，對話因此變得很空洞。

也許大家都覺得不安，寂靜的病房讓各自的悲傷陣陣洶湧襲來。沉默的噪音慢慢地侵蝕每顆心，鼓膜開始陣痛，腦中積壓的煩惱漸漸變得沉重，一顆心無法平靜下來。春樹有時會無緣無故地敲打牆壁，即使護士警告也不停手，不過我理解那種在無聲無息的盒子裡無法動彈的心情。在病房裡實在讓人覺得呼吸困難，胸口悶得發慌。

我受不了和中川兩個人待在病房裡，決定出去。

「去散步嗎？」

我開門出去時，中川問道。

「我想去後面的庭園走走。」

「是雜木林那一帶嗎？」

我說是啊。中川點點頭，好像很理解我的做法。

「聽說馬上就要開墾那片雜木林來建新的病房了，趁現在去看看也好。」

中川經常和自己喜歡的護士聊天，所以很清楚醫院裡的大小事情。

我往昨天走過的小路走去，天空萬里無雲，陽光明媚，兩旁的樹木為我遮擋了太陽的光線，還將微風一併擋著，讓我絲毫不覺得自己在戶外步行，倒像在昏暗的夢境中前行似的。不過這樣也不壞，兩旁彎曲糾結的小樹營造一片靜謐。雖然同樣安靜，不過跟在病房裡的那種感受是不同的，大概是因為這裡沒有沾上患者內心的陰暗情緒吧。

穿過蜿蜒彎曲的小路，到了大樹坐落的一角，我坐在白色的粗大樹根上，好一陣子一動也不動。聽不見蟲子的聲音，只有踩踏地面枯葉時發出的乾澀摩擦聲。不動的時候，覺得心靈很靜謐，像是自己已經消失了一樣。

不知不覺間，我的思緒倒退到離家出走的時候。

跟自己愛的人結婚並非大家所願，對我倆而言，覺得整個世界都在否定我們。

最反對我們的是母親。

「跟那樣的人在一起怎麼會幸福？」

之後的三年我都沒有回家，終於到了今天，就剩下了我一個人，我愛的人在火車意外中死了。

母親現在一定是得意地嘲笑著我，笑我勉強硬來。不僅是母親，父親和其他親戚也都會這麼想。他們一定會指責我做的每件事情，再訓斥我說，要是我老老實實待在家裡不就好了？

不，或許我是得了被害妄想症。我大叫，醫生就會跟我說：冷靜點，你就只會往壞處想。

可是，爸媽感嘆我做了不體面的事倒是千真萬確的吧？這麼一想，我心裡就覺得難受，因為我真的不想帶給他們任何麻煩。

我要是一直這麼反反覆覆地想著這些事，腦子裡肯定會長出像鐵塊般堅硬的腫瘤。我總覺得後腦勺那裡壓著什麼沉甸甸的東西，那就是苦惱和悲傷吧？它們好像真的在大腦裡長出鐵瘤來，因為我清楚地感受到那重量，它壓得我耳鳴，快要不能呼吸。我在不知不覺間用手臂抱住頭，蜷縮成一團，兩頰已經濕漉漉了。

就在這時——

我一直以為自己坐著的大樹附近悄無聲息，然而並非如此，不知從何時開始，我的耳中感受到了空氣的微微震動。

也許是心理作用，我覺得那聲音很像少女的呻吟聲，就像我昨天要離開這裡時聽到的那種聲音。不對，它雖然很像是呻吟聲，但實際上不是，那聲音抑揚頓挫，像哼唱聲。

我四下張望著尋找唱歌的人，卻沒半個人影。樹木保持沉默，好像在表示它們聽不到什麼哼唱聲。那歌聲很微弱，不小心就聽不到；即使耳朵聽到了，眼睛卻看不到，太不可思議了。不過，歌聲就是從這旁邊傳來的。

我無意識地往下看，發現了昨天看到的那朵花，花蕾圓實地鼓著，彷彿馬上就要盛開了。花瓣疊合處還是有毛髮似的東西垂掛著，似乎比昨天還多了些。

我湊近花看，原來，少女的哼唱聲是從這朵花傳來的。

花蕾微微動了一下。這是一朵小花，花蕾也不過手指尖大小而已，感覺並不是因風搖曳。花蕾裡好像有什麼在動，因為我發現在那閉合的白色花瓣上，有微微變化的陰影。

我用指尖碰了一下，感覺到人體的體溫。

我是這麼想的——

一定是有人鑽進花蕾裡，在哼唱著……

回到病房後，我遇見了醫院雇來照管花園的老園丁，每次我從病房的窗戶往外看，總會看到他在修剪樹枝，只是，跟他說話還是頭一次。

我問他有沒有花盆，老人那張曬黑的皺巴巴臉上浮現出笑容，從病房旁的小房間裡拿出一個花盆。那個花盆是茶紅色的，兩隻手就可以圍繞一圈的大小。

「剛剛好，謝謝了。」

我道謝，老人點了點頭。

「是要種花嗎？」

「嗯。」

老人用手拂了拂花盆表面，黏著的灰土如煙落下。

他問我種什麼花，我答不上來。我捧著花盆恭敬地低了低頭致意，就返回後頭庭園的小路。

我朝會唱歌的小花與大樹的方向走，打算將花移種到花盆裡。我也曾經猶豫過要不要這麼做，也覺得還是把它放在自然生長的地方比較好。可是，中川說過這座雜木林不久就要被開墾來蓋新病房，雖然不知道什麼時候進行，不過要是如此的話，這花也活不成了。

這麼一想，就覺得還是趁現在把花轉移到別處好了。我不知道這種奇怪的花會變成怎樣，或許我也沒必要想這個問題，不過，既然讓我發現了它會唱歌這麼罕有，就再也不能坐視不管。我也沒想過把這朵花移植到花盆後，要怎麼去照顧它，只是覺得要是它被其他人發現的話就會被無情地摘掉，那樣也太不幸了。

雙手抱著花盆往前走著走著，大樹那乾涸的白色軀幹又映入了眼簾，一踏進這個範圍，耳畔又會響起那首不可思議的旋律。我走近大樹深深鑽進地面的樹根，那朵會唱歌的小花就悄悄長在枯葉成堆的黑泥中。小花身邊有許多枯樹，因此小花獨有的嫩綠色顯得很不可思議，就像是褪色世界中唯一的生命。

我在小花四周小心翼翼地挖著，以防挖斷它的根。因為我沒有工具，所以幾乎是徒手完成整個過程，不過，這地面不像那段被踩得結實的路一樣堅硬。除了會唱歌和從脹鼓鼓的花蕾中垂掛下來的黑色絲線之外，這朵花也就是一棵普通的植物罷了。我把小花連同黏附在根部的泥土一起移到花盆裡。

在處理的時候，手中的小花哼唱起來，唱一會兒就停，好像在稍作休息。大概是不停在唱，所以唱累了吧。過了一會兒，從花蕾中又傳出歌聲。一整天，小花都這樣周而復始地哼唱著。

我抱著花盆回到病房，兩位病友都在，剛開始好像沒注意到我帶回來的花盆，我猶豫著該不該告訴他們這件事情。也許他們會覺得這奇妙的花很恐怖，或許還會搶走它。

船到橋頭自然直，我把花盆擱在窗邊，同時也決定不吭一聲，直到他倆自己發現為止。

回到病房的時候，小花一直很安靜，放在窗邊給陽光曬曬，它彷彿又想起要唱歌。它開始哼唱的時候，起初聲音小得幾乎聽不見，但不一會兒，歌聲就在整個房間縈繞起來。

「可能我之前沒注意到，但是從剛剛開始我就一直聽到歌聲。」

在中間床上的春樹撐起上半身，環視四周。一直在看書的中川也從書中探出頭來。

「是不是哪裡的女孩子在唱？」

中川似乎不太感興趣，又看起書來。春樹看看門口又看看天花板，到處尋找歌聲的來源。

「如果這歌聲……」我問他們，「是從植物的花蕾而來，你們一定會覺得很驚訝吧？」

兩人用懷疑的眼神看著我。

這一天晚上，周圍的人都睡了，月光從窗戶透射進來。

聽到樓下有護士的腳步聲，我裝作入睡，傾聽著腳踏地板的聲音由遠而近，在門口停下來。門開了，護士的手提照明燈在室內照了照，確認沒什麼異常情況後，腳步聲就走遠了。之後，四周靜如深海。

我側身看著窗台上的小花，躺著的時候，就得仰望才能看見花盆。藍藍的月光穿過霧面玻璃，灑在直直舒展著的葉子和細細的莖上，小花沒什麼反應，可能是睡著了。

我覺得花蕾在輕微搖晃，起初還以為是自己眼花了，但它又晃了一下。花蕾是垂吊在莖上的，像吊鐘一樣，所以能格外明顯地看見它是否在搖晃。白色花瓣沒有發出任何聲響，緩緩地打開。這不是一蹴而就的過程，而是慢慢進行的。

我就這樣側著身、屏住呼吸，一直盯著花瓣的開展，我不想錯過任何動靜。薄薄的花瓣從花蕾的原始狀態慢慢展開，像已經羽化的蟬那樣伸展著它的薄翼，垂吊在花蕾根端的髮絲般的線也隨之轉變姿態。

不一會兒，就看到花已經完全打開了，在開著的花瓣中出現一個少女的腦袋，只有手指尖般大小，頸部和後腦勺則埋在花瓣裡。

我連呼吸都忘了，撐起上半身湊近去看，少女雪白而光滑的額頭最先映入眼簾，她緊閉雙眼，低著頭。原來從花蕾根端伸出來的就是頭髮，現在它就垂掛在盛開的花瓣邊緣上，和少女的腦袋大小比較，頭髮顯得很長。

這是個漂亮的少女。不對，不是少女，看起來更像歷經歲月的女性，又像已經有了孩子的母親，也像剛出生的嬰兒，臉上的表情還像已經察覺自己死期的老太婆那般，一張臉就呈現出人生所有的階段。不過，或許什麼也不像，反正這就是一張讓人覺得不可思議、平靜而滿足的臉。

少女的眼睛一直沒睜開過，大概睡著了，不過我想像得到她張開眼睛時的模樣，她一定有一雙美麗的眼睛吧。

月光下，花朵綻放著，我把耳朵貼近少女那雪白的臉，似乎隱約能聽到她睡著時細微的呼吸聲。

2

早上，少女的哼唱聲弄得我耳朵癢癢的。我醒過來，邊打瞌睡邊望著窗台上的花盆。

少女的眼睛微微睜開，不太明顯，連半開都算不上，只是眼皮往上抬了一下而已。看不出來她微微睜著的眼眸裡映著什麼影像，她好像還在夢鄉中。

她的嘴柔柔閉著，從小巧的鼻子飄出的微弱歌聲在空氣中跳動，讓已經醒了的我覺得自己還身在夢鄉。那是一首非常柔和的曲調。

要是她被人發現的話，一定會引起混亂，所以我把花盆藏在床底下，小花還在床下繼續唱，歌聲在病房裡擴散開來。因為聲音都是哼唱出來的，所以其實也稱不上是歌聲。

「又聽到歌聲了。」中川嘀咕著掃視每一個角落，「這次聽起來比昨天清晰，好像、好像有個少女藏在這房間的某個角落哼著歌一樣。」

春樹揉著惺忪睡眼，聽了一下這歌聲，沒多久就轉頭看我。「是從你床底下傳來的，你藏了音樂盒什麼的吧？」

「有點不同。」

我搖搖頭。

「那是什麼？」

「給你看一定會嚇到你。」

「不給我看的話，我就告訴護士。」

中川打開門，探頭看看走廊，回頭對我說：

「趁現在拿出來吧，那煩人的護士好像還沒要來的樣子。」

雖然我還是擔心，不過理智告訴我不可能永遠偷偷摸摸瞞著不說。

「我在後面的庭園裡發現一朵有著少女臉孔的花，這歌就是她唱的。」

「最好是。老實說，你到底藏了什麼？」

春樹完全不相信地這麼問我。

雖然我仍猶豫不決，但還是從床底下拿出了花盆，放在他們眼前。花朵很小，若不湊近一點盯著看，不會發現花內藏有少女的小腦袋。

兩人最初好像還看不見少女的小腦袋，驚訝地猜疑我的所作所為，正開始要發起牢騷來，卻馬上同時閉口，屏住呼吸，似乎已經注意到花瓣裡少女的小腦袋了。少女還是在夢中神遊般邊搖頭邊唱，沒理會旁邊那兩個呆若木雞的人。

兩人都沒出聲，一直盯著花中的少女。我先前還擔心他們會不會大叫起來，現在沒有，我也放心下來。兩人感覺非常混亂，但眼睛卻像著了魔一樣被植物的美麗迷住了。

中川要伸手撫摸少女的臉頰，不過手伸到一半就放下了。

「我在想要不要碰碰她。」

中川帶著恍如凝視精緻、易碎的銀製藝品的眼神。

「……這是什麼？」春樹問：「要是被護士發現會被沒收的。」

「我希望你們暫時保密。」我說。

「不對啊，這不是該讓更多人知道嗎？」中川說：「因為這可是個大發現。」

「這樣會引起大騷動的。」

我決定先把這朵會唱歌的小花藏在病房裡。

護士來的時候，如果小花在唱歌的話，春樹也會一起哼歌，不讓護士發覺植物的存在。春樹不在的話，就由我來哼歌掩護她。早上護士巡房的時候，我們的策略都相當成功。

中川好像認為我們這樣做不好，所以不想和我們一塊掩護，不過也沒有到護士那裡打小報告，只是想說服我昭告天下這朵會唱歌的小花。

我把小花放在陽光充沛的窗邊，雖然看不到少女的笑容，但是可以感覺到她似乎很高興見到陽光。她的感情會展露在曲調中，就算是相同的旋律，也會將少女不同的情緒表現出來。

病房的病床會讓人想起很多事情。就算只是橫躺著看著天花板，腦海中也會重播之前經歷過的畫面，我克制自己不要這樣想，卻無濟於事。

不知道是精神狀態不好，還是病房的催化作用，浮現在腦中的，全都是讓人覺得悲傷和痛苦的事。自己在孩童時代犯下的輕微惡行一一在腦海裡掠過，我悔恨得整個胸口都要燃燒起來。偶爾還會湧出火車事故時所看到的地獄般慘狀，令我不由自主地陷入不幸的委靡情感漩渦中。

不過，自從有著少女腦袋的小花到來之後，我的生活就起了一點變化。每當那透明的歌聲飄蕩在病房每個角落時，病房就再也不是四角形的盒子了，閉上眼睛，呈現在腦海的就變成廣闊無邊的大草原，連汙濁的空氣也因而被淨化，那純淨的歌聲宛如故鄉拂來的風。

沐浴在陽光下的少女會將自己的感情寄託於歌聲之中，縱使不能放聲歡唱，仍流露出她無盡的喜悅。陽光愛撫葉子時，她的心情也會顯得格外舒暢。

凝視少女的臉龐，可以看見在薄薄的花瓣中，她偶爾在眨眼，不對，這也許還稱不上眨眼，因為那眼睛原本就只是微微張開而已。不過，儘管如此，還是有證據可以證明這花中的少女是生氣勃勃的。

少女給人的存在感很強烈，她宣示自己不是只被供養在花盆裡的植物，還是有感情的人。那融入歌聲中的喜悅之情，就是少女在向世界釋放自己所有的感覺，是她努力活著的證據。在充斥著烏煙瘴氣的昏暗病房裡，只有栽種著花中少女的一角被白色光暈重重地環抱著。

少女似乎明白在病房內還有自己以外的生物存在。

「喂。」

春樹朝著小花打招呼，歌聲就戛然而止。她的表情幾乎沒變，不過整體看起來像是在聚精會神地聽著什麼一樣。不確定她是否聽得懂人話，不過跟她講話時，她倒顯得很高興，歌聲裡包含著的感情也起了微妙變化。

少女的歌聲喚起了希望，抹去了病房裡的絕望氣氛，好像在黑暗中閃耀一樣。在苦惱將我壓抑得快要窒息的時候，歌聲就伸出無形的手輕拍我的肩膀，安慰我說沒關係；當我感到不安、覺得手足無措的時候，歌聲彷彿叫我不要擔心似的悄悄地環繞著我。

春樹在聊著自己出院後的打算，還寫了好幾頁紙，展露出前所未見的笑容。

我們也會閉上眼、光著腳，在走廊上走走。陽光從窗子投射進來，令走廊光影分明，我們會閉著眼，用腳底去感受微妙的溫度變化，在接近那光影交界處上邁步。當春樹往前走到走廊盡頭時，就睜開眼睛朝我揮手。不知不覺間，我們成了朋友，還會討論醫院的餐點呢。

每當護士來量體溫，春樹就哼起歌來，我忙著藏起小花，把花盆從窗台上搬下來，再藏到病床和牆壁之間。少女的小腦袋就在纖細的莖尖上擺動著。這腦袋雖只有指尖大小，但那纖細的莖還得費九牛二虎之力才能承受著它的重量，我開始擔心這纖細的莖會不會折斷。

護士滿臉疑問，疑惑著春樹怎麼不自然地唱起歌來。等她走後，我倆面面相覷，瞬間狂笑。

中川看在少女的分上，不再抽雪茄了。在不跟護士聊天也不看書的時候，中川經常凝視著那栽有花中少女的花盆，一邊像看著什麼耀眼的東西般瞇著眼睛，一邊傾聽歌聲。中川不像春樹那樣會向少女打招呼，不過少女倒好像意識到中川的存在，或許葉子可以感覺得到空氣的流動和人走過時投在它身上的影子。

就這樣，伴隨著歌聲過了幾天，里美又來探望我了，紙袋裡裝有各種各樣的東西。恰巧春樹不在，屋裡只有我和中川。

「氣色看起來還不錯嘛。」

里美一看見我就微笑著說。少女沒在歌唱，安靜地待在床下，我暗地裡打算著要向里美隱瞞小花的事。

「我今天也有信帶來。」

里美伸手進紙袋拿出白色信封，還是老家的父母寫的，我接過信，打開細讀，是母親的筆跡。

「似乎是想讓我回到他們身邊去。」

爸媽希望我能回去，於是寫了這封信，說家裡放眼四周都是翠綠的植物，應該對精神受到打擊的人有好處。

「讓我回去有什麼打算嗎？」

「你不打算回去嗎？」

我沉思了一下，搖搖頭。病房回復沉默，讓人痛苦的沉默。

「太太希望你能回去。」

里美叨唸著。

「我不可能回去，你也知道我媽對我的愛人說過什麼話，那一字一句又是如何折磨我。」

「你離家出走之後，太太也很後悔。世界上哪有不想見自己孩子的父母呢？」

突然，一陣頭痛襲來，里美的話像針刺到我的良心深處。讓生我的父母悲傷是要上絞刑台的，不過，我還是對里美說：

「我不打算回去……」

我不能回家，因為我覺得跪下向父母磕頭認錯並請求原諒，是背叛死去愛人的行為。里美顯得十分哀傷。

「太太待我不錯，我多麼希望你們兩人能和解……」

里美站起來，看樣子要回去了。

「還會夢見火車事故嗎？」

里美問半躺在病床上的我，眼神充滿憐惜。

「……最近沒有。」

「倖存下來也很苦啊。」

當里美打開房門正要出去時，我的床底下傳來了少女的哼唱聲。

里美止住腳步，一臉詫異地轉過身來，環視了整間病房，歪著頭猜想聲音的來源。

就在這時，一直在安靜看書的中川隨之哼起歌來。這是我第一次聽中川唱歌，不過可能是五音不全，一出聲就狂跑調。中川沒在意別人的目光，努力地哼唱不停，過了一下，裝出一副現在才發覺有人在看的樣子，看了看里美，然後咧開金牙笑起來。

里美微微向中川點頭致意，沒說什麼話就走了。

這會唱歌的少女讓人怎麼看都不覺得厭煩，我們三人都小心呵護著她，替她澆水，讓她曬太陽。

這種長著人腦袋的花在圖鑑上是找不著的，連見識廣博的中川也沒聽說過。春樹說這也許是外國特有的花，可是那少女的臉蛋明明就是黃種人才有的。

少女總是哼同一首歌，大概她就只會這首歌吧。我們不知道歌名，不過縈繞在耳邊時倒很悅耳，因為調子很簡單，所以很容易就記了下來。跟搖籃曲一樣，是讓人聽了心裡安穩的旋律。

問題就在於少女到底是何時得知這首曲子的？中川懷疑這是不是少女的腦子裡本來就有的曲調，說像花瓣的顏色、形狀和壽命一樣是與生俱來的。

「她會不會跟人聊天呢？」

春樹抱著雙手左思右想。再過不久她就會說話了吧？誰也不知道答案。

到了這時，中川好像再也沒有要把這棵植物昭告天下的打算。

一天夜裡，熄燈的時間已過，整棟住院大樓都靜悄悄的。護士關掉電燈，提醒還沒睡的病人休息。

我還睜著眼睛躺在床上，翻來覆去睡不著，腦海裡各種場景交錯閃過，不一會兒，我想起里美最後來看我時的情景，帶給我的信和信的內容在我腦海裡重現，干擾拚命想要入睡的我。

還有兒時的點點滴滴，也如電影一般在腦海裡連續播放。

我最喜歡的釣竿被母親隨手扔掉了。也許在別人眼裡，那只不過是一根老舊的破爛竹竿而已，可是，他們不知道我曾經靠它釣到了多少魚。那時在我的世界裡，最重要的就是這支釣竿了，我還因此責怪扔掉它的母親。

「可是這東西不是很危險嗎？」

母親一副不認為自己有做錯什麼事情的樣子，用這句話打發了我。

第二天，我想著要向母親報復，也要扔掉母親最重要的東西，不過，那得先問清楚她最重要的東西是什麼才有辦法。

「媽媽，你在這個世界上最寶貝的東西是什麼？」為了掩飾內心的慌張，我還特意裝作一副不在意的樣子隨口問。接著，母親這麼回答我：

「我最寶貝的就是你了。」

也許這樣做傻乎乎的，不過兒時的我倒是一遍又一遍回味這句話，實際上，自己也覺得母親是愛我的。

也因此，現在令母親為難讓我覺得很痛苦，欺騙家人是背叛父母的行為，讓他們蒙羞。儘管如此，我現在仍對母親懷恨在心也是不可否認的事實。

我不知道該怎麼辦才好，接受里美的請求並不容易，我非常猶豫要不要跟母親和解。我們一見面可能就會吵起來，這樣的話，關係勢必出現無可彌補的裂痕，想來就覺得恐怖。

而且，我造成了父母親如此的困擾，我還有說話的餘地嗎？

突然間，漆黑的病房裡，中川的病床嘎吱嘎吱響著。我聽到中川在喊我，就應了一聲。

「太好了，你還沒睡啊？睡不著的話，就來陪我喝點酒吧？」

中川從床底取出小酒瓶，我中斷了讓自己透不過氣的思考，把有關母親的事情暫時拋諸腦後。我接受中川的提議，稍稍移動自己的床，好騰出跟牆壁的間隔，這樣就可以面向著窗台而坐了。

我們並坐在床上，倒了一點酒在茶杯裡。花中少女就放在窗邊，我們是圍著她而坐。中川敞開睡衣胸口的釦子，盤腿而坐。

春樹察覺到有聲響就醒了，問：「你們在做什麼？」然後一邊揉著眼睛，一邊靠近我的床鋪。

「什麼嘛，是酒啊。」

春樹好像覺得很無趣，然後一邊過來跟我們並排坐在床上。

「你說是什麼就是什麼吧。」

我和中川這麼說。

要說有什麼光線的話，無非就是月光悄無聲息地透進病房的窗戶而已，光線落在有著少女腦袋的植物上，形成一團白暈，少女呼吸均勻地睡著，比絹線還細的髮絲散落在臉頰上。

有好長一段時間，我們都默默不語地看著她。天上的雲層遮蓋了月亮，四周就暗下來，不一會兒雲朵飄走，四周又光亮起來，剛想著葉子的影子都要模糊的看不見時，輪廓又清晰了起來。時間在無聲之下流逝，三個人動都沒動，輕輕呼吸著。那是一個透明的夜晚。

回過神來，發現中川的臉上正掛著淚珠，我們不知道理由，也不想問。我們大家都各有苦衷，這我很明白。

3

有一位護士名叫相原，給人的印象很好，雙頰紅潤，笑聲洪亮，是個活潑開朗的人。雖然她還很年輕，不過她從醫院的櫃台工作、繁雜瑣事的處理到衣物刷洗等各種各樣的事情都得心應手。

中川很喜歡她，當她在醫院櫃台工作時就常跟她搭話，或常跟著她四處走，讓她沒辦法工作。聽說最後中川被年長的護士長緊緊盯著。

那是在我和中川坐在醫院長椅上聊天時的事。相原護士從眼前的走廊經過，手中抱著一個嬰兒。

「是誰的小孩？」

中川問道。相原看到我們，遲疑了一下，停下腳步，輕輕走過來以免吵醒嬰兒。

「是住在樓上病房的人的。」

我們湊近想看看那嬰兒的小臉蛋，相原就稍微彎了一下腰。嬰兒很小，雙目細細閉合，好像睡著了。胎毛般的頭髮，鼻子小巧玲瓏，讓人很想用指尖去按一下。

這麼站著聊了一會兒之後，相原要走了，中川卻說要抱一抱小孩。相原懷著戒心，猶豫地交出嬰兒。

中川一邊搖著手中熟睡的嬰兒，一邊很自然地開始哼起花中少女常唱的那首歌。我由這幼小的嬰兒聯想到了花盆裡唱歌的少女，想必中川也一樣。

「哎呀，這首曲子……」相原吃驚地看著中川，「你們怎麼知道這首歌的？」

我跟中川面面相覷。

「你知道現在唱的這首歌？」

我們這麼一問，相原像突然想起什麼一樣吞吞吐吐，猶豫地點了點頭。

「……大概一個月前，有個孩子入院住在樓上，這首歌正是她經常哼唱的那首。」

她表情複雜地說起那個孩子，語氣很沉重，大概是不太想跟我們講吧。

相原說那個女孩名叫柄谷美崎，十八歲。美崎住院期間，相原常和她聊天。

「醫院後面的庭園裡有一片雜木林，有一條小路通到那兒，途中有一棵巨大的樹木，她常坐在那裡哼唱這首曲子，剛剛的曲子就是那個女孩常常哼唱的歌。」

相原第一次見到美崎時也是在那裡。

「那個女孩……」我提高了嗓門，再度重複說：「那個女孩已經出院了嗎……？」

相原沒說話，移開視線，一副欲言又止的樣子。不一會兒，中川懷裡的嬰兒醒了，開始吵鬧，於是孩子又回到相原的懷抱中。

「一個月前死了……」

相原遲疑地說完後，快步離去。

那天晚上，恰巧輪到相原值夜班，中川把這件事情調查得很清楚。一到半夜，我們三人就躺在床上，靜候著拿手電筒來查房的她。

由於電燈的主電源被關掉了，所以病房裡黑漆一片，小花也睡著了。不久後，我們聽見腳步聲逐漸朝這邊靠近。門被打開了一半，接著手電筒的光照進房間裡來，剎那間，眼前一片發白。

「你們還沒睡嗎？」

是相原愕然的聲音，不過看到我們三人表情嚴肅時，她倒也一時不知該如何是好。

「能不能說說柄谷美崎的事給我們聽？」

中川開口。

「到底是怎麼回事……」

相原搖搖頭，表示無可奉告。

「為什麼啊?!」

春樹加強語氣。

「要是把這種事情隨便告訴病人，我會被罵的。不要再好奇地問東問西了，趕快睡覺！」

她氣呼呼地要奪門而出，我攔住了她。

「我們不是好奇，是認真地想問。」

相原咬著下唇，拿著手電筒一一照射我們，仔細而專注地看著我們的表情，揣摩我們的真心，好像在考慮要不要離開。沒一會兒，她關上半開著的門，在一張圓椅子上坐下。

「真是的，為什麼偏要知道那個孩子的事情……」

相原沒好氣說，光線僅來自她手上拿的手電筒，所以看不清楚她的臉，不過想必眼睛發紅。

「我明白真的不應該這麼做，但我就談談她……我不知道你們為什麼想要打聽美崎的事，但我相信你們不僅是想聽著好玩而已，我覺得你們也能夠為她感到悲傷……」

相原這麼說，視線也跟著看了看病房，用手電筒照了照床邊的水壺和藥。

相原護士與住院的美崎在醫院裡相識，繼而成為無所不談的知己。

「那孩子身上有一種氣息，好像活在跟其他人有點不一樣的世界裡。」相原說。

「她凝視水窪好幾個小時也不覺得煩，一會兒吃吃笑著，一會兒又滿臉傷感。」

相原口中的美崎是個小巧美麗的女孩，總是像在作夢一樣哼著歌曲。每當她把臉頰貼在牆壁上，感到舒適就會微笑，眺望著風中搖擺的樹木時會脫口說有趣，用力踩冰柱發出清脆的聲音，看起來好像很寂寞。她喜愛植物的綠葉，啜泣著想成為一株開花的草。

我在心裡反覆唸著「柄谷美崎」這名字，心臟加速，怦怦直跳。

「你不覺得『死』這個字跟『花』這個字很像嗎？」

一天，在醫院的花壇前，美崎問相原。

「如果有來生，相原想變成什麼呢？」

「我還是覺得再做人好。」

「這樣啊……」

美崎憐愛地盯著花壇裡的白色小花。

「像我這種人，要是能從這世上消失，那該有多好。我跟相原不一樣，我不想再做人了。」

「為什麼？」

「因為做人很難嘛。老是給媽媽和大家製造麻煩，我覺得很抱歉。我真的很生氣自己還活在這世上。」

相原說，美崎是個很容易鑽牛角尖的人，她好像深信自己是個不應活在這世上的人。

「唉，相原，你聽我說，我雖然是跟我媽媽兩個人生活，但是其實我父親是有錢人哦。不過他原本就有老婆了，所以媽媽是在懷著我的時候搬到深山裡去的。」

那時，美崎穿著白色睡衣坐在病床上晃著腳說。她的病房在二樓，從窗外可以看到遠方的山。她看著那被天空染得蔚藍的山巒，悲傷地訴說著。
「我小時候聽過附近的叔叔說，要是我不來到這世上的話，媽媽就能在其他地方跟其他人好好結婚，過著幸福的生活了。父親的家人也不會發生爭吵，也不會感到悲傷了吧？雖然媽媽從來沒對我提過這件事情，不過我知道因為我，害得父親家裡……」
她十歲的時候，母親就死了，孤身一人的美崎被帶到叔叔家當養女。她的叔叔去領她回家的時候，臉色並不好看，對他而言，美崎只是一個從未見過面的遠親小孩。或許她還遭受過不好的對待。
「叔叔家裡開著美麗的百合花，是個很大的家，可是所有人都討厭我，這也是沒辦法的事，因為我本來就是被人領養的孩子。他們吃點心時，我就覺得自己得迴避，忍住了嘴饞。」
美崎是在醫院後面庭園的雜木林裡漫步時，跟相原說起的。
「叔叔家裡有個男生。叔叔有兩個小孩，其中有一個是男孩子，他沒有姊姊強悍，經常被姊姊弄哭，不過，他是個個性十分溫和的人。他會彈鋼琴，替植物澆水，也會安慰哭泣的我，雖然他自己是個愛哭鬼。我們兩人輪流你一行我一行地創作詩詞，然後兩個人一起思考、一起煩惱，為這首詩譜上曲子，就是這首歌。」

她一邊在小路上走著，一邊唱給相原聽，歌聲就在樹林裡久久迴盪著。

「那個男孩子後來怎樣了？」

相原問。美崎回過頭說：「呀？什麼？」裝作沒聽見，那樣子很逗笑，但眼神卻十分孤寂。

十八歲時，美崎在某一天離開了叔叔家。幾個月來，她在街上租房子住，後來就住進了這間醫院。她偶爾一個人坐在後面庭園的大樹下唱歌，是那首她和那個男孩創作的歌曲。

在此之前的一個月，在她住院的病房裡，有一個客人來探望過她。因為之前從未有人來看過她，所以相原覺得很奇怪。來訪者是個年輕男子，他在病房裡跟美崎談了一會兒話就回去了。

「剛來的那個人是……？」

相原這麼一問，橫躺在床上的美崎點了點頭，也沒正眼看相原，用幾乎只有自己才聽得到的音量自言自語地說著。

「他叫三上龍一郎……名字聽起來很了不起的樣子，可是他明明就是個愛哭的人啊，我……」

她突然把視線轉向相原，搖頭表示不知道怎麼辦才好。一個小時，她整整搖了一個小時的頭。不管相原問她什麼，她都不回答。

連續三天，美崎都躺在病床上，沒有和任何人說話。第四天，護士散步經過那棵乾枯大樹的時候，就在落葉滿地的樹林裡，發現了掛在那棵白色大樹樹枝上的美崎。紅紅的帶子一端纏在樹枝上，一端纏在頸子上，腳尖到地面之間什麼也沒有。那時是枯葉紛飛的寧靜傍晚，她死去的地方，就是醫院後頭的庭園，就是有著少女腦袋的小花生長的地方。

我終於明白，我在那裡休息時，為什麼經過的護士會那麼吃驚地看著我。

遺體是由一個年輕男子領回去弔唁的，就是來探望過美崎的那個男子，相原詢問他的名字，他回答說是三上。相原很想問清楚，追問他對美崎說了什麼，追問他對美崎做了什麼，不過看到他一臉憔悴時，話到嘴邊又嚥下去了。

「你跟你媽媽住過的那個家還在嗎？」

這是相原和美崎最後一次談話。

「我和媽媽的家就在山上，看，就是那座山。」

美崎拚命伸長白白的手臂指著窗外。

「院子兩邊是往下傾斜的，站在上面可以看到山麓。山很高，站上去讓人兩腿發軟，所以都是媽媽牽著我的手，我才敢眺望山麓的。」

「出院之後，我們一起去看看吧？」

「好。」

相原向她打聽了地址，結果還是去不成。

「相原，還記得不久前，我跟你說過的話嗎？我說就算有來生也不想再做人，但我絕不後悔來到這個世界上，是不是覺得我很奇怪啊？」

相原點頭，美崎似乎想起了很久很久以前的事，閉上眼睛微笑。

「因為媽媽是希望我來到世上的。我還記得，那時媽媽慈愛地催促肚子裡的我快一點出來……」

一想到美崎的內心世界，我就覺得很難受，她瘋狂得令自己不得不選擇了死，這是多麼殘酷的事實。死者的思念殘留在生命線斷了的地方，再化身為花這種形態。從此，我們就把有著少女腦袋的小花喚作美崎。

「我想要再一次把這個少女帶到美崎的老家去。」

相原走後，春樹就愛憐地看著小花嘀咕。

「我們不行啊，走得太遠的話，醫生會請警局發出搜索令的。」

中川搖頭說。

美崎繼續在病房裡哼唱著，哼的歌讓人覺得傷感，像在思念家鄉，又像在苦苦尋覓某人一樣。被夕陽紅暉映照的少女半睜著眼睛，那與世無爭的表情，看起來好像在憂愁著什麼似的，歌聲微弱，如一撥即斷的柔絲般。被染得朱紅的病房裡，她的葉影拖曳得長長的。我們閉上眼睛，感受曲調中的孤獨。

另外，美崎身上也發生了異常的變化，以前綠油油的健康葉子，顏色都暗淡了，葉子邊緣也開始泛黃，白嫩光滑的臉頰好像也消瘦下來。

我認為可能生病了，就跟給我花盆的老人商量對策，我不想讓他看到美崎，所以就只說明症狀，老人說小花在慢慢凋謝了。她要枯萎了，不過她並不像上年紀的老人那樣臉皮皺巴巴的。倘若皺紋隨著她的枯萎而刻在臉上的話，那麼當花蕾打開時，不就是嬰兒的臉蛋了？這樣說不定就不會讓人覺得這麼不可思議了。

美崎日漸衰弱，我們替她澆水、給她吹風、把她放在向陽的位置上，也都不見起色。那纖細的莖看起來也不怎麼可靠。我們三人都沉默不語，只能無力地看著生命短暫的她。

一天早上，當我看著窗台上的花盆時，發現圍住美崎小腦袋的白色花瓣，有一片落在花盆邊，我們把它拾起來包在紙裡，春樹想要它。

第二天，里美帶著電報來了。

美崎大概已經沒有多少力氣，所以歌也唱得少了。因此里美進來的時候，再也用不著誰哼曲子來掩人耳目。支撐腦袋的莖好像已不堪重荷，我也只能小心地把它藏在床下而已。

里美沒帶裝土產的紙袋，只是來向我交代事情。

「這個給你。」

里美沒坐椅子，就那樣站著，然後從懷裡掏出信，是我爸媽寫的。

「就像信裡寫的那樣，我三天後會來接你，還會安排車子來。」

里美說完就盯著我，等待我回覆。從信上看來，爸媽是想要半強迫地帶我回家，這是無視我意願的決定，里美是被派來當傳聲筒的。

「不能再等等嗎？」

我不想跟中川、春樹和美崎分開。我在想，如果要離開醫院，就得把花盆留在病房裡。花盆裡的少女對我而言很重要，必須離開她的這個事實，讓我覺得身體猶如被撕裂般地痛苦。而且我也非常需要少女的歌聲，中川和春樹也跟我一樣。

里美拒絕我的要求。

「我三天後再來，請你處理好身邊的瑣事。」

里美拋下這句話就走了。

春樹和中川湊在一塊聽著我跟里美的對話，里美走後，兩人看著我，用眼神問我打算怎麼辦。我沒理他們，走出了病房。

走到外面時，已經是傍晚了，夜幕漸漸降臨。我的雙腳自然地朝著當初發現美崎的大樹走去，天黑得幾乎看不清腳下的道路，好幾次我幾乎被凹凸不平的小路絆倒，看起來就像個夢遊病患者吧。

我一邊走在雜木林裡，一邊思考。

別離的時刻漸近，美崎不久就要枯萎了。不僅是我，無論是誰，總有一天都會死去。儘管如此，所謂的人，還是會世世代代誕生在這個世界上。

乾枯的白色大樹在陰暗的夜空中伸開臂膀等候著我，一個月前少女上吊的這棵樹，現在是如此的安靜。

我坐在樹根上，整張臉埋入雙手之中，想到就在我身處的地方，少女為自己的人生畫上了句號。我們同住在醫院的屋簷下，懷著相同的念頭，同樣都夢到了「死亡」，想必都覺得活著太折磨人了。在成為花朵之前，那飄忽徘徊的靈魂在想什麼呢？我不知道她選擇死亡的真正原因，也不知道那個叫三上的男人是怎樣的一個人，只是理解美崎也是懷抱著痛苦，被「死」揪住不放。

記得我是在這裡第一次聽到美崎的哼唱聲。此刻，那歌聲又迴盪在我耳邊，宛如她就在我身邊歌唱一樣。

歌聲啊，這宛如冰冷夜空的透明歌聲是如此動聽，卻又為何令人傷感呢？我在心裡問美崎，為什麼要轉世成花？為什麼要唱歌？是不是還有一絲絲的依戀？就算我現在奔回病房問她，花盆裡的花也不會回答我吧。因為她在轉世時已經失去語言的記憶了，因為神只恩准她用歌聲來表達自己赤裸裸的情感。

我想起了在火車意外中死去的我所愛的人，愛人那柔軟的黑髮，還有那本是活著的生命。在我們面前的世界也許美麗得令人激動滿懷，也許有可能是殘酷的，但我還是想跟我愛的人一起看這個世界，想讓愛人看看咆哮的大海、洶湧變幻的天空，所有的一切。

可是，現在只剩下我一個人。好不容易築起的小窩破滅了，未來也被剝奪了，世界上每一個人好像都對我不懷好意。

這世界上到底還殘留些什麼？抹去父母和周圍的人的嘆息、嘲笑之後，到底還剩下什麼？回到家後，我究竟要怎麼活下去？任意離家出走的我，已經給很多人帶來麻煩，但即使如此，我還是無法抹去憤怒與悲傷，請求母親的原諒。

死是一件多讓人平靜的事啊，上吊的少女啊，雖然這是一件悲涼的事情，但你的決斷是如此正確。那因痛苦難耐而撕破臉皮弄至傷痕累累的時期，已經過去了。

我突然感到一陣痛苦，我的腦袋像長出了鐵瘤，又重、又硬、又炙熱，從頸後到頭頂，帶著類似陣痛的炙熱。我希望摘去頭蓋骨裡的鐵瘤，可是一伸手，就會被頭蓋骨阻礙著。要是能用手指尖抓撓腦裡面的話，真不知道有多痛快啊。

有一種自殺方式叫舉槍自盡，尋死的人把槍口頂著太陽穴，再扣下扳機就得以解脫。不過，有人說：

「把槍口頂在太陽穴上不好，因為有可能失敗，要是真想死的話，應該把槍口放進嘴裡對準咽喉。」

我討厭以這副嘴臉發表高見的人，那是一種完全不知人間疾苦的人才會說的話，他們是在褻瀆所有選擇舉槍自盡的人。

遺憾的是，我的咽喉裡沒有煩惱，煩惱是在我的頭蓋骨裡。選擇舉槍自盡的人並不是真的想尋死才朝太陽穴開槍的，他們只想利用「子彈」這一位名醫，動手術摘去積壓在頭裡的鬱悶結塊而已。我認為就是這麼一回事，不選擇槍擊咽喉，是因為並非想安樂地瞬間了結。

我希望有人給我一把手槍。絕望的壓力擊垮了我，我好幾次發狂地抓頭，抓掉了頭皮，沾了血的髮絲夾進指甲和皮肉之間。

突然有人抓住我的手，我還以為大樹下就只有自己一個人，但我錯了，在黑暗的樹林小路上，手提著煤油燈的春樹和中川站在我身旁，壓制我的就是他們。

「這麼久不見你回去，我們就出來找你了。」

春樹哭喪著臉，眼中有些許責怪。

「求求你，把美崎一起帶走吧。」

我莫名其妙地看著中川。

「我們倆商量好了，你能不能把這少女栽種在她老家的院子裡？」

想在她完全枯萎前，把她帶回那裡，讓她可以再一次在曾與母親牽著手的院子裡，眺望當時的美景——他們兩人是這樣想的。

「我們不能出遠門，不過，你的話就……」

也許我可以在回家途中順便去一趟。

我決定把死稍稍推遲，先送她回家，要在美崎迎接第二次死亡之前，把她種在她故鄉的土壤裡。

我想，這是我死前唯一要做好的事情。

離開醫院那天，在里美來接我之前，我已收拾好行李，準備啟程。由於老家在很遠的地方，所以就算坐爸媽派來的車回去，還得在車裡搖晃一整個晚上。

我收拾了病床周圍。一直以為地方窄小，沒想到收拾完自己的東西之後，卻顯得如此寬闊。

「通風多了。」

春樹看著空空的床鋪說道，一副很寂寞的樣子。

里美本來說在中午過後就會來，可是最後到了傍晚才抵達。住院大樓前有一片圓形的樹叢，樹叢周圍很空曠，我被叫出去之後，就看見一輛坐有司機的黑色車子停在那兒，里美則站在車旁。同房的兩人和相原護士也來為我送行。

夕陽已西斜，只有車子燈光和醫院裡的燈光是白的。我把裝著衣服雜物的袋子放進後車箱。

「這個給你。」

中川遞來手上一直抱著的花盆，是那個有著會唱歌的少女的花盆，上面裹著白紙，不讓其他人看到美崎的小腦袋。

里美的視線落在手捧花盆的我身上。

「說是給我作紀念的。」

里美沒什麼興趣地點點頭，打開後座的車門。

我對送行的三人揮手致意，沒有說很多臨別餞言，因為要見面的話，應該不久就能見到。我點頭回敬中川和春樹那別有含意的眼神。

我抱著用紙裹著的花盆，坐進了後座，里美跟著坐在我身旁。四十歲左右的司機發動了引擎，車要開走時，我回頭看住過的病房窗戶，在車裡勉強看得見。對我而言，那是個浸染了悲傷氣息的盒子，想必有不少人在那兒度過他們的夜晚吧，在黑暗中感到孤獨，醫院很快就從車窗外消失，春樹和中川的身影也看不見了。駛出醫院範圍後，亮著車燈的車子便在夜路上奔馳著。

纏著花盆的白紙上方是開著口的，從這裡可以窺見美崎小小的腦袋。那細細的莖隨著車的震動而晃動，希望不要對她造成負擔。她在迅速衰弱，幾乎完全沒再哼過曲子，所以車裡只聽見引擎震動的聲響。

我擔心被坐在旁邊的里美看到會很麻煩，所以把她放在自己身旁與車門之間。這樣，她就可以藏在我身旁，不讓里美看見。

「你還真老實地坐進來啊，之前似乎還一副很討厭回家的樣子。」

里美開口。我很驚訝里美態度的驟變，這種兜圈子的語氣讓我想起我的父母。

「你的語氣真像我媽，但你和她又沒血緣關係，真奇怪。」

司機沒跟我們搭腔，只是握住方向盤。醫院坐落於山麓，車子就沿著山腳跑了一陣子，車窗外黑漆漆的，從民居灑出來的光線偶爾穿透進來。車子駛過好幾個村落，繞過鬱鬱蒼蒼的樹林，再來到蘋果樹並列的地方。

我在腦海裡描繪著事先記下的地圖，再往前走一會兒，車子就要穿過鐵路了，必須在那之前讓車往山那邊走才行，要不然就到不了美崎兒時住的老家了。

相原護士告訴過我去美崎家的路線，她比較著從美崎口中問到的住址和地圖，把前往的路線寫在紙上給我。我把那張紙藏在懷裡，不過我不用看也知道怎麼走，我早把路線完整地記在腦子裡了。

「能不能繞一下路？」我向里美提議，「我在醫院裡認識了一個朋友，他家就在山的那邊，我想去那兒一下。」

「不行。」

里美搖頭。

「真的是我的好朋友，不跟人家打聲招呼就走有點說不過去。」

車子依然往前行。

「不好意思，先生和太太吩咐過我不能繞路。」

通向山那邊的道路就這樣在窗外消失了。

我頓時焦躁起來，沒理里美，手搭在前座上，直接對司機吼：

「請你往山那邊走！」

強硬的語氣連我自己也感到驚訝，四十歲左右的司機從後照鏡裡觀察我的臉色，不知所措。

「不要停！」

里美抗議，命令司機直走，不要聽我的，說我曾遭遇不幸的事故，精神不穩定。

我很氣憤里美說了那些話，心快要發狂，大概是父母吩咐里美在路上不要節外生枝，要直接帶我回去吧。不管我對司機說什麼，他都好像沒聽見那樣無視於我。道路緩緩彎著，偏離山那邊的方向，再這樣走下去就是市中心了。

突然，車停了，眼前鐵路橫臥，禁止通行的欄杆降下，紅色警示燈忽明忽滅，尖銳的鐘聲震耳欲聾。火車車輪滾過鐵路接縫的巨響從遠處咆哮而來，連空氣也跟著震動。

我偷看身旁的花盆一眼，美崎憔悴不堪，面龐消瘦，眼睛以下黯淡無光，她疲憊得很，不由自主地沉沉睡去。夾雜著鐵路柵欄發出的聲音，火車的轟隆聲漸漸迫近，是時候下定決心了。

我打開車門，抱起花盆就下車，感覺到身後的里美伸手抓過來，但是沒抓到。我朝著車的前方走去，里美也下了車跟來，不過晚了一步。

我走近鐵路，鑽過柵欄，龐大的火車車頭正疾馳到我眼前，就在我勉強來得及穿越鐵路的瞬間，從我身後擦身而過，轟隆轟隆地夾帶著一股巨大的空氣壓力，我立刻用身體護著花盆。從火車車廂瀉出的白燈映照著我的側臉，拖曳而去。

里美被火車阻擋著過不來。趁著汽車還沒開過來，我逃進了旁邊的森林裡。

4

我按照刻在腦子裡的地圖，往美崎的家走去。在蒼鬱的密林中，我踏著枯葉，抱緊花盆穿行。

抬頭仰望，細細的彎月在高高的枝頭上忽隱忽現，借著微弱的月光，我端詳了一下少女的臉。經過激烈的動盪，我擔心她那托著腦袋的莖承受不了，不過她好像沒什麼大礙。

我身上的衣服和腳上的鞋子都不適合在山中行走，因此舉步維艱，手臂也被尖尖的樹枝刮傷了。

沒看見里美追上來，看來是弄丟了我的蹤跡。我想里美大概找不到我了，就從樹林裡鑽出來，走在平常有人行走的路上。

我得連續走上好幾個小時，每一次窺探花盆，都發現美崎的臉色更加蒼白，這不只是月光照射的緣故。每向前踏出一步，那鑲嵌著美崎臉蛋的花就會在垂著的莖上抖動一下，她是那麼地虛弱，我得小心地慢慢走。

晚上的天氣有些冷，被枝條弄傷的傷口有點痛，走著走著就變成上坡路了，美崎的家就在山上。雙腳非常疲憊沉重，呼吸也快要喘不過來，不管我再怎麼走，美崎的家還是如此遙不可及，宛如可望而不可即的海市蜃樓一樣，或許是因為我沒走過這條路，所以感到不安，擔心地圖是不是真的畫對了。黑夜只是冷冷地看著我，像是在等著我因體力不支而倒下。

但是，一想到美崎，我就覺得什麼都沒關係了，所有的傷痛和疲勞全部消失。哪怕是走錯路，只要我折回來再走其他路就好了。我一定要讓少女生前的願望實現，希望能讓她看到她回憶裡的庭院，我現在一心只想為她完成這個願望，這是多麼不可思議啊。我不禁想，自己來到這世上，然後一直生存到現在，是不是只是為了她？一想到懷裡的花之少女，我的內心就忍不住揪緊。

不一會兒，我發現了在地圖上畫作標記的小學，確定自己走的路是正確的。房子跟房子之間的距離也愈來愈遠，通向山頂的路也變得狹小。

在東方泛白的時候，我來到應該是美崎家所在的村落，村子很冷清，讓人懷疑是不是還有人居住。映入眼簾的一棟棟房子，有一半都隱藏在樹林裡，而且看起來都很像是空的。幾乎所有房子的牆邊都放著耕種用的農具。

和早上去田裡工作的老婆婆擦肩而過時，我發現原來這裡是有人住的，覺得安心下來。老婆婆頭纏毛巾，抱著鋤頭，很好奇地回頭看我，大概是因為平日很少有外人會來這裡吧。

相原畫的地圖沒錯，我登上石階，越過石碑，這裡有一條岔路是直通美崎家的。這是一條由樹木搭成的隧道，有一條動物走出來的小徑，兩邊雜草叢生，樹木茂密得像是圍牆。抬頭一看，樹枝覆蓋，像是屋頂般擋去了所有的日光，令我覺得好像是鑽進了樹林隧道裡。這讓我想起了在醫院後頭庭園雜木林裡的那條小路。

忽然，眼前豁然開朗，重見天日，樹林隧道的盡頭是連接森林裡的開闊空間。

山坡上有一片窪地般的地方，不太大，不過窪地裡綠草覆蓋，四周被樹牆懷抱，像藏在山中深處的樂園。中間有一棟小房子，大概是小美崎生活過的房子吧。我感到欣喜，那房子還在。

在我一路走來的岔路對面，沒有樹木，只見天空，感覺好像眼前突然出現了一座空中花園。那兒就是斜坡，大概可以俯瞰整個村落吧。

突然，我看見有輕煙從屋子的煙囪裊裊而上，那表示有人住在裡面。可能是新住戶吧。我沒想過還有人住在這裡，頓時有點不安。

遲疑片刻後，我敲敲門。開門的是一個年輕男人，有一張素不相識的臉，不對，我好像在哪裡見過他……那張毫無生氣的臉，像是我在醫院常見到的病人一樣。由那有著痛苦的過去，跟大家一樣少有笑容的樣子，我可以感覺到這個人內心的悲傷陰暗。

或許是很少有人來訪的緣故，他看起來很吃驚的樣子，開口問：

「……有什麼事嗎？」
他用非常溫和的聲音問我。我突然猶豫了一下，不知道要怎麼回答他。
「我是以前住在這裡的柄谷美崎的朋友。」
我這麼回答，他一臉狐疑。
「美崎應該不會有什麼朋友的。」
「請問你是誰？是美崎的熟人嗎？」
「我是三上。」
我感覺自己心跳加速。
他是美崎的……
我重新審視眼前這個男人，臉龐瘦削、眼睛深陷，看起來這間房子好像就只有他一個人住。
我把轉世後的美崎帶來了，我想這麼跟他說，馬上給他看花。不過，我還是猶豫著這樣說出來是否有些唐突。
「能見到你，我很高興，我常聽美崎提起你，我是住院時跟她熟絡起來的。不過，麻煩你稍等一會兒。」

我扔下這句話後，便轉身走到可以眺望山麓的位置。我想先讓花盆裡的美崎看到從院子眺望的遠景，之後再慢慢跟他細說比較好。

我一邊向著斜坡，一邊回頭看。身後淨是樹木，三上就那樣站在小小的屋子旁，遠遠地看我，面對我這個突來的訪客，他好像非常困惑。

院子邊緣峭立如懸崖，沒有柵欄，再往前地面就會突然消失，一失足恐怕九死一生。抬頭就可以看得很遠、很遠，剛站在上面的時候，真的讓人有點害怕，好像要被放逐到天空一樣。我終於明白小美崎為什麼非要母親抓著她的手才敢眺望。

遠方可以看得到海，早上抖擻的太陽光反射在海面上，光線凝聚在一起，這光暖和了我鼻子和眼睛下方。

我把栽有美崎的花盆放在地上，打開紙，在院子的邊緣選了一處很適合看風景的地方，挖了個洞，沒有工具，就用手挖，接著把鑲有少女臉蛋的小花移植到洞裡去，小心翼翼地不讓她搖晃。

我在晚上奔走的時候，不知何時，她的花瓣已經全部掉落了，只剩下莖頂端托著花萼上少女的小腦袋，在長長的黑髮中，美崎閉著眼睛。我把她連帶著花盆裡的泥土，移植到家鄉的院子裡。

我一邊往她的根部蓋上土，一邊眺望風景。就在十年前，美崎和她的母親一起站在這裡，想到這點，我就覺得不可思議。

美崎和母親兩人就在這裡生活過。在這塊小小的土地上，對於還是小孩的她，母親就是她唯一的說話夥伴。那時的她無疑是很幸福的，就像單純盛開著的花朵一樣，天真地度過每一天。

當她回憶起在這兒看過的風景時，心裡一定會想到母親吧？當她痛苦的時候，會渴望回到這裡來吧？到了叔叔的家，在誰也不認識的地方，這裡給她的回憶是她唯一的依靠。在叔叔家和醫院裡，她也曾經數度憶起這兒的景物吧？

替美崎的根部蓋好泥土後，我舒了一口長氣，任務完成了，我只覺得之前繃緊的心弦終於鬆了下來。

突然有人從背後喊我，好熟悉的聲音。我回頭看，是里美，跟三上一起走過來。看樣子里美是讓車子在路上等候，自己穿過樹林隧道上來的。

「終於找到你了。」

里美的話裡沒有生氣的意思，倒是有幾分擔心，手裡捏著相原所繪到這裡的地圖。我伸手進懷裡，才意識到那張紙不知何時不見了，似乎是掉在車裡。

我猛然想起要被他們強行帶回家的事情，心涼了半截。

里美就站在我眼前，伸手抓住我的手臂。

「請等一下，我有話想跟他說。」

我向三上示意。里美繃著嚴厲的臉，搖頭說：

「你的父母還在家裡等著呢。」

「馬上就好。」

「別再拖延時間了，你又想逃？」

我啞口無言，里美說得沒錯，況且，這兒還有風景很棒的逃脫路徑。

里美雙手抓著我一隻手臂，回頭對三上撇下一句：

「給你添麻煩了，我們馬上就走。」

我就那樣被押下斜坡往遠處走，一步一步嚴實地被押上歸途。三上在一旁跟著我們走，看看我又看看里美，很想弄清楚狀況。

「三上先生，真不好意思，打擾你了。」

里美押著我，回頭道歉。

「兩位是……？」

我回答：

「……是帶美崎回來的。」

三上盯著我，好像不明白我說什麼，我立刻轉過身，趁里美不注意，馬上甩開了里美的手。恢復了自由的我，往與里美相反方向的斜坡那邊跑。

我拚盡全力快速往前跑，原本看不見的天空漸漸擴大了，我逐漸靠近地面邊緣，從視線一角看到之前放下的花盆和美崎。我打算從距離她不遠的地方逃向空中，然後，我的痛苦也會跟著終結。

地面消失，我正想跳下去時，瞬間覺得自己看到了什麼，是美崎的眼睛。那從來就沒完全張開過的美崎的眼睛，現在正睜得圓圓的。

我收住腳步，從後面追上來的里美和三上同時伸出手，分別箍住我的頸子和肩膀，我狂吼著拚命想要甩掉他們。

我和他們的力氣相差懸殊，因而完全被降服，動彈不得。一時之間，嘶吼聲伴隨激烈撞擊的混亂，我只覺得分秒難熬，弄得自己渾身是泥土和灰塵。

不一會兒，亂成一團的我們聽到從某處飄來一陣歌聲，我馬上停止動作，接著他們倆也頓住了。我馬上察覺了歌聲的來源，是離這陣混亂的不遠處，飄散了所有花瓣的小花正哼著歌。

里美和三上追隨著我的視線，這才注意到她。歌聲很輕，就像有人在耳邊嘀咕著什麼一樣，曲調正是曾經在病房裡聽過、令我感動不已的那一首，美崎一心一意地唱著，似乎周圍沒發生過什麼騷動一樣。里美和三上抓著我的手鬆開了。

我甩開他們的手，走到美崎身邊跪下，認真地端視她的臉。果然，一直以來都是半開半閉的眼睛現在睜得渾圓，美麗的眼睛好像黑珍珠。黑髮和葉片隨風飄舞，好像很驚訝地看著從眼前延伸到遠處的一幕又一幕。

我請求三上讓我進去美崎住過的家裡，雖說是家，但說是草屋更為恰當。這是用木條和茅草葺成的粗糙小屋，裡頭只有一個房間，沒什麼家具，四面都有窗戶，打開窗就可以看見院子，也可以看見種在院子邊緣的美崎。

我讓里美回到車上等我，答應之後會解釋清楚。當發現了鑲有少女臉蛋的小花之後，里美好像失去了爭論的力氣，只得點點頭，默默遵從。

我跟三上面對面坐著，在相互遲疑該從何說起的漫漫時間裡，沉默主宰了我們。

「那首歌是我和美崎一起做的。」

不久後，他開口說。

「這麼說，你是那個男孩吧？」

三上點頭。

「在我十一歲那年，她被帶到我家。」

三上閉上眼睛，微笑了一下，似乎想起了當時的情景。那是寂寞的微笑，那個笑容告訴我，他們一直相愛著。

但為什麼只有美崎孤單一人住院呢？為什麼他沒有常常去看她？

「幾年的時間晃眼就過，我們都長大成人，我被迫與父親挑選的人結婚。」

「你父母都反對你和美崎交往……」

我能理解那種痛苦，覺得心裡悶到要發狂。

「美崎曾經說過，說她不能活在這個世上，這話令人感到毛骨悚然卻又如此真切，連身體也不由自主地跟著顫抖。想必她是因為自己母親的事，被人惡意中傷了吧？她有時覺得自己為大家帶來了不幸，自言自語說，自己只能偷偷摸摸地活著，不能跟誰有牽扯。」

好想消失，必須消失，美崎似乎把這件事情當成自己的使命。不知從什麼時候起，她把自己視為不道德的存在。

「在我跟父母所選的妻子婚姻不順遂時，美崎就曾經好幾次向我道歉說對不起，說要是自己不在就好了，然後第二天，她就突然消失了……」

「她在其他城市住過幾個月，然後就住進了醫院。」

三上悲傷地點頭。

「但是，我放棄了美崎，不，我只是努力地想放棄她……因為我是有妻室的人，對兩家人來說，我這樣的做法對大家都好。不過，我無法完全忘掉美崎，婚後不久，我便想盡一切辦法尋找她的下落。」

「不久，你就找到醫院去……」

氣氛漸漸變得沉悶，想到他們兩人，我就覺得難過。

「以前常常聽美崎提起她老家這個地方，所以我就以此為中心四處打聽。大概一個月前，我打聽到有個叫柄谷美崎的女孩住進了那家醫院，之後我就立刻告別妻子和家人……」

哦，這樣啊。這種情形跟她母親那時如出一轍，好像在重複她母親的一切。

「見到美崎，我對她說：『我跟妻子分手了，跟我結婚吧？』……」

她的母親以前也同樣破壞過別人的家庭，而且問題導火線就在於美崎，因此三上對她的愛像是一把刺穿她心臟的短劍。她明白自己的存在就是一條受了詛咒的鎖鏈，所以決定自殺，她覺得自己必須死。
「我早就聽說過美崎母親的事和美崎的身世，但我還是無法理解她，她做了多麼愚蠢的事，就為那些不需要在意的話而……」
三上垂下頭，整個人更顯憂鬱。
「這並不是你的錯，只是偶然。」
「她常常想起她的母親。」
她說要把母親對她說過的話告訴三上，說的時候，一副很懷念過去的表情。
「我現在待在這裡也是這個原因，因為這裡是世界上唯一讓美崎安心的地方。」
生前在醫院樹林裡歌唱的美崎，是怎樣的心情呢？大概是一邊歌唱，一邊回憶著關於三上和母親的點點滴滴吧。
接下來輪到我作說明了。我向他說明已化身為小花模樣的美崎，是我在她自殺的地方發現了轉世的她，跟他說美崎哼唱的歌一事，還說了美崎的歌聲拯救了醫院裡的人的事。

聽我說話的時候，三上孤寂地看著院子那頭，在視線的盡頭可以看見化身為小花的少女，她在隨風輕舞。瞬間，我彷彿看見美崎的母親就在她身旁，可是眨眼間，那身影就不見了。我明白，這不過是心理作用。

結束談話時，我已經快累癱了。我們兩人都深深吐了一口氣，他猛然站起來，走近那唯一可以稱為家具的小衣櫥。

「這是她少數留下來的東西。」三上取出一張紙，「我希望你能拿著這個……如果不想要的話，就請你處理掉它。」

我接過來，紙片摺得很細心，我問三上，可不可以現在就看。他不發一語，只是點點頭。

這張紙絕對不是什麼上好的紙料，紙邊泛黃，已有破損了。打開來看，那筆跡好像美崎一樣，看得出來是非常認真地寫出來的紙上，並列著好幾個人名，只有名字沒有姓，看樣子好像是將為人母的女性在考慮替將誕生的孩子取名字，有男孩的名字，也有女孩的名字。

我無法正視這張紙。紙上的摺痕清晰可見，縐巴巴的，一定已經被人看過無數遍了。想必跟我住院時一樣，她也是躺在病床上，睜著眼凝神一直在思考吧？她心裡是怎麼想的呢？

她覺得自己不能活著，她想消失，即使如此，她還是想把小孩生下來，想讓在肚子裡活著的小孩也有自己的名字。

「她先我而去也是這樣的理由……」

我贊同三上的話，點了點頭，當然，事實也是如此，她自殺的時候，恐怕已經懷孕了。

我們站起來走出家門，就在這茅草屋前，我們側耳傾聽著，歌聲靜靜地飄到被樹木包圍的小斜坡上，飄到森林那開闊的地方。

向三上道別後，只見他低頭向那唱歌的小花走去，坐在美崎身邊，凝視著莖端上少女的臉蛋。我把視線從他那悲傷的背影抽離，再一次看著紙片。

不知怎地，腦海裡浮現出春樹玩耍的情景，是在醫院走廊上，在那光影交界線步行的情景。春樹展開兩手，閉著眼睛，借著赤腳感受到的暖意在行走。

我們都是一樣，都以相同的姿態活著，一邊的白色大地在延伸，另一邊的陰暗大地則在鋪展，我們就在那交界線上岌岌可危地走著。

陰暗面的負引力扯著手，白色大地的正引力卻激勵我們，給我們力量。某些時候，下意識想要從負引力裡找救命繩時，腳下一踉蹌就倒在陰暗大地上，再也站不起來。美崎也是這樣，倒在黑影之中，就再也掙脫不了了，她這樣的遭遇讓我覺得很悲傷。結果最後，那讓人痛不欲生的鐵瘤就在腦裡，因為太過沉重而讓她踉蹌倒下。即使抓著孩子這一個絕對正面的力量也無法返回白色大地，只能被負引力吞噬殆盡，對此，我感到絕望。

我拖著沉重的腳步往回走，那兒有里美等著我，這時，我聽見三上在叫我。回頭一看，見他站在小花旁動也不動，困惑地盯著小花，表情很不尋常。

「怎麼了……？」

我不知道怎麼了，開口問他。他搖著頭說：

「剛才我只留意這記憶裡的歌，沒注意到……」

他提高嗓音說：

「是很像，但這不是她，這花的臉不是美崎的臉……！」

剎那間，我以為自己聽錯了，但是我馬上就清清楚楚地明白了一切。

難以置信，但是儘管如此，我認為這只有一個原因。

美崎是想把孩子生下來的，而且要讓世界來見證，她想讓肚子裡的孩子來到這個世上。

這唱歌的小花就是在美崎上吊自殺的正下方誕生的，是她的孩子。第一次見到三上時，覺得似曾相識也是理所當然的事，因為這花中少女流的血有一半源自於他。

三上面對小花跪下，無疑地，他也意識到一切。

美崎生前在巍巍而立的枯樹下哼的歌曲，那是唱給腹中自己的分身聽的，小小的胎兒就在夢中聆聽。因此，在化身成小花的時候，即使不懂得說話，也記著母親唱過的曲調。

毅然上吊自殺的懷孕少女啊，縱然你選擇了死，還是希望把那個小生命帶來這個世界，真是不可思議。我想，你是不是把母親給你的愛，還有在這片土地上的回憶一一收起，傾注在即將到來的孩子身上呢？你是你母親的女兒，你自己也想成為一位母親吧。你是想讓腹中的小生命也看一眼這美麗的世界，就跟當初和你母親在院子裡一樣吧。

你奔向了冰冷的死亡世界，但是你的靈魂在呼喊，你想生下你的孩子，這份請求被聽見，也被接受了。你的孩子享受著微風，親吻著陽光縱情歌唱，這純真的姿態就是她真真切切地活著的證據，她一心一意歌唱的姿態，是如此鮮明，如此有生氣。

在那棵大樹下，你唱給胎兒聽的歌，仍然留在化身為小花的孩子記憶裡。當我領悟到這一點時，深深感受到那絕對不會消失的母女間的關係。

朝陽漸漸升高了，少女的歌聲伴著靜靜的微風傳到我耳畔。那是她母親教她的唯一語言。

我大聲向三上，還有他的孩子道別，然後離開美崎昔日住過的小小故鄉。我捏緊了她留下來的殘破紙片……

尾聲

穿過了小道，黑色的小車停在一邊，里美就站在一旁，看到我回來，表情才放心下來。

我走近車子，倚靠著黑色車身，我們並肩站著，好一會兒動也不動。沒有風，傾斜的山路也很寧靜。車內的司機有點坐立不安。

小時候，我們曾經一塊兒走過山路，我記得，眼前滿是廣闊的齊腰草叢，撥開草叢進去，那被夏日炙熱的青草氣息撲鼻而來，草的殘葉黏附在汗水淋漓的皮膚上。那時候的我還是全心全意地活著、笑著。

我說：

「以前，媽媽曾對我說過：『我最寶貝的就是你了。』」

里美凝視著我。

「因為太太一直都是愛你的。」

我點點頭，事實就是如此，這我明白，所以我才會如此痛不欲生。不管再怎麼恨，一想起母親這句話，我就什麼也說不出來。對父母造成的傷害，讓我覺得可恥。

里美拉開後座的車門讓我坐進去，司機緩緩啟動車子。我問坐在一旁的里美：

「我已經不能再生育了，媽媽想要我做什麼？」

里美心疼地看著我回答：

「太太沒指望什麼，只是一直擔心著你……」

我曾經遭遇火車事故，失去兩個我愛的人——我的愛人，還有我肚裡的孩子。當醫生宣判我不能再生育時，我只覺得自己的人生失去了光彩。

絕望是讓人痛苦的，活著也很艱難，我覺得世上的一切都是那麼可恨，它們否定了我，把我一個人拋棄在無邊的黑暗中。

可是，那孩子的歌聲幾度把我和病房裡的人從黑暗中拯救出來，春樹、中川，還有婦產科病房裡的其他病人，都各有相似的遭遇。墮胎和流產的結果，就是再也不能生育了，也許正因為如此，便理所當然地憐愛著美崎的孩子。

透過車窗往外看，兩旁的樹木沿路而過，細碎的陽光從枝葉縫隙灑落，亮得我瞇起眼睛。就在光線耀目得讓我眼前一片空白的瞬間，我想到美崎和自己，還有母親。

我必須跟母親談談，也許我還不能馬上敞開心扉，也許她還未完全原諒我，但即使如此，我還是必須見見母親。

我現在才恍然大悟，父母責罵我是好事，即使會遇到痛苦、即使會吵架也是好事。為什麼我一直沒想通這麼簡單的事情？我感謝父母生我、愛我，但我不能視之為認輸。

即使用最不得體的語言，我也要把這種折磨得頭要爆裂的傷感告訴母親，希望她能理解，渴望她明白我活著是如此的艱難。不過，沒關係，不管結果如何，有一樣東西是絕不會被完全切斷的，那就是母親與我之間，骨肉相連的情感。

我想起了昨晚，懷裡抱著美崎的孩子在黑暗中前行時，全身湧出那股無法想像的力量，還有那震人心扉的難受與催人淚下的憐愛之情。

一想起來，我就忍不住哽咽，手貼著車窗，感受葉子遮擋著的稀疏陽光，手心湧入陣陣暖意。來到這世上是多麼不容易，又是多麼美好的事啊。我應該能代替美崎成為那個孩子的好母親吧，若能如此，就太美好了。

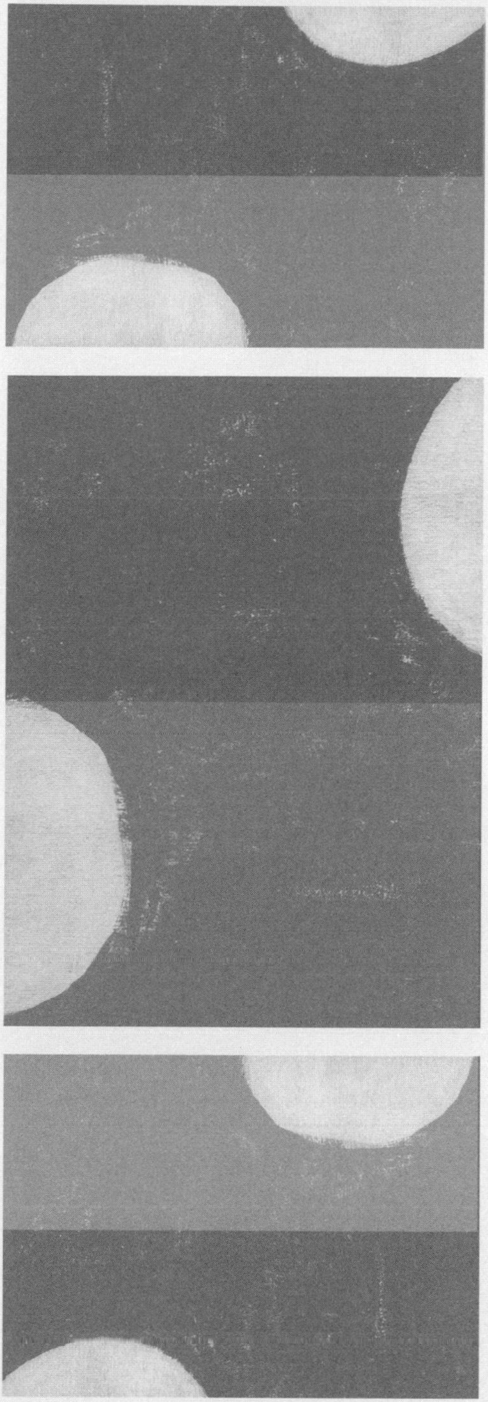

假女友

1

放學後的教室裡，我就像平常一樣和大夥一起瞎抬槓，這時我瞥了一眼牆上的時鐘，站了起來。

「時間到了，我得走了。」

為什麼啊？朋友們問，我解釋：

「我跟女友約好了。」

原來你交女朋友了？

「嗯，其他高中的。我們都約在放學路上碰面。」

她叫安藤夏，是某天早上在電車裡認識的。

安藤夏衝進車門即將關上的車廂時，制服裙子被門夾住了。她動彈不得，滿臉困窘地低下頭去。剛好就在旁邊的我看了不忍，抬腳踹門，硬是把門給扳開了。當時電車正在行駛，她的裙子雖然拔出來了，但因為車門被扳開，警鈴大作，電車緊急煞車，我被臭罵了一頓。安藤夏沒挨罵。因為她一看到站員來了，立刻拔腿開溜。走出車站時，安藤夏在那裡等我。

「都是我害你被罵，對不起……」

「你居然一個人落跑！」

「我請客，原諒我吧。」

我把我和安藤夏認識的經緯告訴同學們，還說了她的興趣和喜歡的食物。她的興趣是彈吉他，我聽她彈過好幾次。遇到迷路哭泣的小孩時，她會跑過去幫忙一起找媽媽。她喜歡吃Mister Donut，還有紅豆麵包。

拜拜，加油啊！

我就要離開教室回家時，同學們在背後為我打氣。我離開學校，沒有在路上摸魚，直接回家看動畫。今天是新動畫的開播日。看完動畫後，我打了一下電動，看了一點漫畫，就已經晚上了，我上床睡覺。我不可能去找安藤夏聊天。因為她根本不存在，那都是編的。

啊，怎麼辦？不小心扯謊說什麼我有女朋友。因為要回家看新動畫這種理由，我怎麼可能說得出口嘛？可是沒辦法，說都說了，只是我也沒想到大家居然就這麼信了。從這天開始，我只得繼續謊稱我有女朋友。你女朋友好嗎？朋友問，我回：「她好像社團很忙。她游泳隊的。」下次介紹一下吧，朋友說，我婉拒：「她那天要補英文會話，沒辦法耶。」我也裝出跟安藤夏講手機傳簡訊的樣子。我編造與她之間的趣事告訴大家，安藤夏的設定與日俱增，我還得逐一寫下來，免得忘記。她的成長過程、生日、父母的職業、兒時的心理創傷、寵物的名字……我打造出不存在的少女的人生，為了決定她住在哪裡，我還走訪了許多地區，尋找感覺她可能居住的街道和人家。同學們都深信不疑真有安藤夏這個人，萬一真相敗露，我就死定了，可能會遭到霸凌。我在不安當中過著每一天，結果被同學池田發現了。

2

池田這個男生的綽號叫蛞蝓，總是渾身汗濕，黏答答的，女生都覺得他噁心，但他有個讀大學的女朋友，每個人都對他另眼相看。班上男生都用崇敬的眼神看他。

「我猜到了，你在撒謊，根本沒有安藤夏這個人。」

池田在樓梯轉角平台指著我說。

「居然發現了我的秘密，去死吧！」

我想要把池田推下樓梯滅口，池田抵抗著說：

「等、你冷靜一下，我不會說出去啦。其實我也是啦，所以我才會猜到。我的小舞也是假女友啦。」

假女友。假的女朋友。池田讀大學的女友名叫忍羽舞，池田都叫她小舞。每到假日，忍羽舞就會開車載著兩人，去海邊等地方兜風。忍羽舞雍容華貴、流行時髦，很會打網球，在高級餐廳都會教池田用餐禮儀。

「池田的女朋友居然也是假的……」

「沒錯，我騙了大家。一開始只是小謊，但為了圓謊，需要更多的謊言來粉飾，結果滾雪球似的愈來愈大。事到如今，我已經沒辦法說出真相了。要是被大家發現我們根本沒有女朋友，你看著好了，我們只剩下自殺一條路了。」

「我做了新的曲子，你快點來，我彈吉他給你聽。」

安藤夏說。不，她沒說。她根本不存在。

「最近你怎麼都無精打采的？怎麼了？你的甜甜圈不吃給我。」

安藤夏說。不，她沒說。我一個人坐在甜甜圈店，眼前的椅子空無一人。

我和池田合作，掩護彼此的謊言。我們捏造在路上遇到彼此的女友的情節，告訴大家。「小舞應該就快打電話來了。」池田在大家面前如此預告，然後我躲起來打到他的手機。

「可是，你的假女友細節不夠成熟。你沒彈過吉他對吧？對吉他的描述都很模糊。」

「你才是，你根本沒打過網球吧？對網球的敘述一點都不逼真。」

我們打搶彼此的假女友，然後更努力地塑造她們的細節。我買了吉他瘋狂練習，這是為了安藤夏，我想知道她彈吉他的時候都在想什麼。根本沒有安藤夏，她並不存在，但我想知道她以指頭按弦時是什麼感覺，想知道她撥弦時是什麼心情。

「站前不是常有人在自彈自唱嗎？我想要試試看那個耶。」

在TSUTAYA挑片的時候，安藤夏低聲說。

「妳要在廣庭大眾之下唱歌嗎？不會害羞嗎？」

「當然會害羞啊，可是人家想試試看嘛。」

安藤夏有個夢想，不敢告訴任何人的夢想。她還沒有把這個夢想告訴任何人，連對我也都還沒有說。可是我知道她的夢想，因為她是我創造的。

池田的手不知不覺間磨出繭來了。他的女友忍羽舞從少女時期就開始練網球，國高中都是網球隊的，也是校內赫赫有名的王牌選手。池田追隨著她的腳步，努力去理解她的心情。

某天，我和池田去了鄰町的蓄水壩。這裡是他和忍羽舞經常來兜風的地點。

「對對對，她總是會在這裡深呼吸，像這樣……」

被女生背地裡叫做蛞蝓、被嫌惡的池田，站在俯視廣大水壩的位置，一次又一次地深呼吸。起初他眼睛發亮，聒噪極了，但漸漸地話愈來愈少，我們在高出一階的混凝土地坐了下來。水壩的水靜靜地蕩漾著。池田悄聲喃喃：

「根本沒有什麼小舞。」

「嗯，是假的嘛。」

我們搭公車回去了。

隔天，池田的謊言在學校被拆穿了。

3

池田是在讀大學的堂兄舉辦的聯誼會上認識忍羽舞的，他是被硬拉去湊人頭的。他隱瞞還是高中生的年紀，只喝無酒精飲料，結果忍羽舞眼尖地發現，抓著他的脖子強灌他啤酒：「給我喝！」忍羽舞很中意池田，兩人開始聯絡，交往至今。這段經緯，就寫在池田的《忍羽舞設定筆記》裡。他總是隨身攜帶，然而這天午休時間男生在教室裡胡鬧，推倒了他的課桌，發現了從抽屜掉出來的這本筆記本。「不要看啦！還來啦！」他們不理會池田的抗議，讀了內容。

根本沒有忍羽舞。這個消息立刻傳遍了全班，池田的筆記在全班面前被朗誦，還影印起來發到別班傳閱。眾人嘲笑、唾棄，在搶來的筆記本中任意寫下各種沒品的設定。池田的女友忍羽舞被班上的男生和女生玷汙了。聽到池田有個女大生女友而對他另眼相看的同學，現在全都把他當空氣。課堂上老師不注意時，大家對他射橡皮擦，背地裡指指點點，投以鄙夷的眼神。我開始避免在教室裡和池田交談，也盡量不去看他。我感覺到他微弱的目光正看著我，但我不想因為跟他說話，蒙受池魚之殃。

「其實是他拜託我，叫我撒謊說在路上看到他女友的。如果我不答應，他就不肯給我看他弄到的考古題，所以……」

我向同學辯白之前聲稱在路上看到忍羽舞的謊言。我很害怕，或許池田會向同學揭穿我的謊言，他隨時都有可能這麼做。然而池田保持沉默，替我守住了安藤夏的秘密。

「我們認識，是半年前的事吧？」

上了電車，站在門旁的時候，安藤夏低語道。

「妳的裙子被門夾住。」

「那個時候我真是嚇死了。」

安藤夏靦腆地笑笑，望向外面。電車發出隆隆聲響駛過橋樑，向晚的天空是一片溫柔的淡粉紅色，她的身影倒映在車門玻璃上。

「最近我的吉他好像有進步了，你不覺得嗎？」
「作曲也愈來愈厲害了。」
「原因是什麼呢？或許我就快抓到什麼訣竅了。這麼說來，之前在路上遇到的你的同學最近怎麼了？是叫池田嗎？他跟他女朋友都好嗎？」
「妳說忍羽舞嗎？」
「那時候我們在路邊聊了一下。她好會打扮。」
她已經死了，但我說不出口。最後《忍羽舞設定筆記》被撕破、踐踏，塞進垃圾桶，倒進焚化爐燒掉了。
「你應該跟池田好好聊一聊。」安藤夏說。「你們吵架了對吧？看你的表情就知道了。你們應該和好，他是你最要好的朋友吧？」
安藤夏捏緊了我的手，我的手被溫暖地包裹了。難以置信，就好像她是有血有肉的真人一樣。我忽然一陣欲泣。
「……都是幻覺。」我向她行禮。「對不起，原諒我，妳根本不存在。我們就跟其他人一樣，都想要女朋友，可是我們不可能交到女朋友。看看我這張臉，我這輩子都不可能交到女朋友。跟真的女生說話時，我不敢看人家的臉，心臟也跳得亂七八糟，都快爆炸了。結結巴巴的，連話都說不好，丟臉得快死了。這副德行，才不可能交到什麼女朋友，所以我才會想像出妳來。」

起初安藤夏一臉怔愣，但很快地瞇起眼睛，滿臉慈愛地說：

「你很努力了。」

我驚訝地望向她，那是對一切了然於心的表情。她沒有立刻消失，但我們都清楚，我們終究要道別。

4

放學時間，每個人都收拾東西準備回家，教室裡一片鬧哄哄的。池田正要走出教室，不小心撞到班上最受歡迎的可愛女生。這一撞把她撞得連書包都掉下來了，而且撞到時好像皮膚相觸，女生露骨地一臉厭惡。她和朋友們惡狠狠地瞪向池田，罵道：「你很噁心耶！幹嘛來學校啦！變態妄想狂！家裡蹲的爛東西！」池田一臉不甘，但什麼也沒說，就要離開。
「妳們煩不煩啊？」
我對著那群女生說，登時所有的人都住了口，回頭看我。池田停下腳步，難以置信地看著我。
「池田，我們走。」
在班上同學的注目下，我和池田一起離開學校。我們經過商店街，彼此交談。
「這樣好嗎？搞不好從明天開始，你也會變成我這樣。」
「可能會像地獄吧。不過隨便啦。」
「我不會把你跟安藤的事說出去，如果你是擔心這一點……」
「安藤叫我跟你和好。對不起，小舞的事真的很遺憾……」
池田寂寞地仰望天空：
「她已經不在了，徹底消失了。跟你說，我把焚化爐的灰蒐集起來，拿去海邊撒掉了。很白痴對吧？」

池田淚如雨下，難看地哭了起來。商店街的天空和昨天一樣，是淡淡的粉紅色。

我和池田後來也一直是朋友，高中畢業後仍保持聯絡。我們都已經成年，聊起那時候的我們實在是既愚蠢又可笑。

池田大哭那天以後，不到一年就交到了真的女朋友。某天他經過學校的網球場旁邊，被班上同學叫住了。那個同學是網球隊的，平日總是以捉弄池田為樂。他運動神經非常好，在網球淘汰賽中排名前幾，在縣級比賽中也留下極佳的成績。這天他把不情願的池田拖進網球場，把球拍塞給他，要他陪他練習。應該是因為找不到練習對象，想要整一下池田來打發時間吧，然而池田居然接住並擊回了他的發球。

網球場周圍開始聚集出人牆，網球隊的人和剛好經過的學生都對兩人的練習賽看得聚精會神。那傢伙是誰？池田，我們班的，綽號叫蛞蝓。他很厲害耶，居然都接得到。

以為一下就可以擊垮池田的同學不知不覺間認真起來，全力以赴。結果池田一記扣殺越線，以些微之差落敗了，但沒有人嘲笑他。比賽結束時，網球場爆出如雷掌聲。池田穿著汗水淋漓的制服，一臉茫然地東張西望。這天剛好看到比賽的某個女生，沒多久就跟池田走近起來。

「池田說他把焚化爐的灰撒在大海……」

我在自己的房間裡保養著吉他說。安藤夏跨坐在椅子上賊笑著：

「他也很浪漫嘛。」

「那傢伙太老派了啦。」

我撥弄吉他弦，音色在房間擴散又消失。她欣賞餘音似的閉上眼睛，片刻後說：

「放心吧，你們都會遇到喜歡你們的人的。」

接著，她的表情轉為寂寞。

這天晚上，我揹著吉他出門去。安藤夏雖然冷得發抖，但還是跟著一起來了。

站前，下班和放學的人潮絡繹不絕。柏青哥店俗豔的霓虹燈將排隊等計程車的人染成了五顏六色。

「你記得我寫的歌詞嗎？」

「當然。」

「……加油，我會在旁邊看著。」

我撥動吉他弦。弦顫動著發出樂音。我乘著旋律，引吭高歌起來。歌詞陳腔濫調，卻是我真切的心情。它描述的是每個人有朝一日必定都會經歷的椎心之痛。起初安藤夏擔心地看著我，但看到行人一個又一個在周圍駐足，她露出鬆了一口氣的表情。害羞飛到九霄雲外，我盡情歌唱。我從來沒有想過自己會有像這樣自彈自唱的一天，但彈吉他和唱歌都很快樂。唱完後贏得掌聲時，安藤夏滿意地點點頭。我開始彈起下一首曲子，但很快便發現她的身影埋沒在觀眾當中不見了。我中斷演奏，分開人群尋找她。我呼喚她的名字，在站前四處徘徊，卻遍尋不著她的身影。我發誓一輩子都不會忘了她。有段時期，我自慚形穢，只想從世上消失，覺得這輩子永遠都是這樣了。是她在這個時候握住了我的手，我發誓永遠都不會忘了她。

後記

到目前為止，我已經為角川Sneaker文庫寫了以下短篇及中篇小說：

一、〈Calling You〉（《The Sneaker》二〇〇〇年四月號刊登）。

二、〈幸福有著小貓的形狀〉（《The Sneaker》二〇〇〇年八月號刊登）。

三、〈傷—KIZ/KIDS—〉（《The Sneaker》二〇〇〇年十月號刊登）。

四、〈失蹤ＨＯＬＩＤＡＹ〉。

五、〈花之歌〉。

其中，二和四收錄在角川Sneaker文庫出版的《失蹤ＨＯＬＩＤＡＹ》裡，一、三、五收錄在這本書裡，也就是說，我寫給《The Sneaker》的小說現在全都匯集成冊了。

回首從前，幾乎所有的故事都是在被安排到大學研究室期間完成的。因為身處理工學院，所以平時應該要犧牲睡眠時間來做研究的，我卻偷偷地騰出時間寫文章。

責任編輯曾問我：「如果在後記裡寫你如何一邊偷懶做研究，一邊寫文章的話，豈不是很有趣？」

喲，這主意挺不錯，或許我還能劈哩啪啦地寫出當時的慌亂不安來。

我原本是這麼想，不過仔細想想，應該也無法寫成〈偷懶大作戰〉那類特別的有趣後記吧。那時的我，只是低頭頂著大家的白眼逃走，或者每逢老師來研究室時就若無其事地逃之夭夭，是個無可救藥的學生而已。

所以在這次的後記裡，我想還是回顧一下之前寫過的作品好了。

寫〈Calling You〉已經是一年半前的事了，在我獨居的公寓裡突然接到角川書店打來的電話，內容是：

「想請你幫我們寫小說，我們見個面邊吃邊聊吧？」

當時，我沒為角川書店寫過稿子，不過，類似以電話先禮後兵的手段還是清楚的，勢必有陰謀——請吃飯，然後讓你難以開口拒絕幫忙。

我心生憤慨之情，覺得自己被看成吃個飯就什麼都可以接受的那種沒格調的人。我不是那種被押去吃點什麼就會成功被收買的人，也不想讓人覺得我是那種給點吃就工作的沒品的人。我懷著這種不妥協的心情，到車站跟Sneaker編輯部的人見面。

結果呢？結果就是我答應在《The Sneaker》寫短篇小說，不過，這是因為我被編輯的熱情所打動，跟當時邀我去吃大閘蟹絕對沒有關係，完全無關。

飯局結束後，目送搭新幹線回去的大閘蟹……不對，是Sneaker的編輯，就想著要借此機會寫下構思許久的〈Calling You〉了。

完成後的〈Calling You〉刊登在雜誌上大約一年後，電影《黑洞頻率》在日本公開上映，實際上這部影片的中心思想跟〈Calling You〉是相同的，只是故事的內容不同，不過因為作家特有的被害妄想症，所以我現在一直擔心：

「糟了糟了，要被人說是我抄襲了。」

聽說這回在本書的某處會出現〈Calling You〉這首英文歌詞，老實說，我當初寫〈Calling You〉的時候，並不知道這歌曲的內容。倘若這首歌是一首頻頻冒犯出版禁用語的歌曲的話，我究竟會落得什麼下場呢？讀者大概會把鞋子扔過來吧。不過幸好，不是什麼內容奇怪的歌曲。

這之後寫的是〈幸福有著小貓的形狀〉，我記得當時承受了非常大的壓力。

二〇〇〇年夏天的時候，接到突如其來的電話說：「雜誌上有空檔，要不要寫點什麼？」於是就閃電般寫了〈傷—KIZ/KIDS—〉。

如果問我研究工作那麼忙，為何還要接那工作？那是因為我想尋覓一個逃離研究工作的理由。就像是考試前整理房間，或像是明知道還有非考不可的考試，還是花了兩個小時去摸小狗一樣。

那時候的我已經是大四學生，被安排在研究室裡做畢業研究。

人分到了研究室後，首先要做一件事情，就是領取自己的E-mail。研究室裡大部分都會有公用電腦，我顧不得會為他人帶來不便，就用公用電腦和編輯交換E-mail。

寫〈傷—KIZ／KIDS—〉的時候，電影院正在上映成龍的電影《皇家威龍》，我跟研究室的Y君一起去看這部電影，聽說他還是成龍的超級影迷，於是我就在寄件人一欄寫上「成龍」，寄了封E-mail給他。

不久，他非常高興地說：

「我跟你說，成龍寄信給我耶！」

真是不折不扣的傻瓜，他真的相信是成龍發來的E-mail。不過，我想還是不能殘忍地敲碎他的白日夢，就跟著他一塊兒高興地說：「真好啊。」

後來有一天，我的信箱裡來了一封E-mail，寄件人一欄寫著「史蒂芬．史匹柏」，我欣喜若狂，我竟然可以收到世界知名電影導演的E-mail。我對著Y君喊，那傢伙點點頭說：「哦，是嗎？」我心裡嘀咕，跟那封假成龍的E-mail相比，我收到的這封可是真材實料，很有價值啊。看信的時候，我覺得很意外，因為史蒂芬．史匹柏的日文竟然寫得這麼好。

當初預定要出版收錄了一到四的書，可是不知道為什麼，四的故事寫著寫著字數就變多了，所以就出版了只收錄二和四的書，就是《失蹤HOLIDAY》。

在本書出版時，朋友正在創作自製電影，我幫忙攝影工作，去了趟沙丘。我的任務就是在茫茫沙海中搬運器材，沒事的時候，我就模仿漂流者在沙上寫上大字「HELP！」。

後來看電影《浩劫重生》的時候發現，漂流到無人島上的湯姆漢克斯在大銀幕上做的事情，不就跟我做的一樣嗎？

我的每個細胞都興奮起來，高興得不得了，就在整場電影上映期間，我還在心裡笑個沒完，雖然當時電影裡放映的場景原本就不應該笑的。

順帶一提，之後我把在沙丘裡寫「HELP！」的遊戲，改名為「浩劫重生遊戲」，不過當然只是在我心中自己想啦。

後來，在不知不覺中，我的畢業研究結束了。

從研究結束到畢業典禮之間這兩個月裡，我在大學裡實習。我一邊工作，一邊小小偷懶，計畫多寫一個故事，湊成另一本短篇集，而那個故事就是〈花之歌〉。

我說出要寫〈花之歌〉的計畫時，大家都覺得很不安，因為那不是Sneaker的風格，而且可能會不合讀者口味。事實上，我至今仍很擔心讀者看完後會氣得把書扔到牆上去，或是害怕讀者邊罵：「你把我當笨蛋嗎？」然後邊把醬油塗在書上。

不過，我之所以要在Sneaker發表這部作品，是因為看了羽住都老師畫的插畫〈花〉，只是因為這樣而已。

另外，寫這個故事時，責任編輯青山沒給過什麼重要的建議，我要謝他也謝不成。

總而言之，雖然途中給很多人製造了麻煩，但是這本書終於要出版了。

我以前想過，即使自己的小說得了獎，但在未來的一、兩年內，我這種小輩還是會默默地消失在人們記憶裡吧？因此，我至今仍可以繼續出書，實在是奇蹟。

我已經大學畢業了，既沒有進研究所繼續進修，也沒去哪裡工作，只是無所事事地度日，偶爾也會發酵些麵粉來做麵包，或跟朋友連續玩上七個小時的紙牌。這不是在談什麼小說題材，而是實話實說。

最後，要分門別類的話，我可以算是專業小說家那類，這可不是因為我確信靠寫作就有飯吃，只是我對社會有一種消極的態度，覺得不能正常生活也無所謂。

而且，每次只要碰到自己的書出版，我就會忍不住想也許曝屍街頭的日子就在前面等著我呢。

最後，我想感謝所有參與本書的熱心人士：責任編輯青山、幫我畫插圖的羽住都老師，辛苦你們了……其實，後頭要列舉的人應該還有一大串，但是瞬間浮現在腦海裡的只有這兩位的身影。

我在從事似乎很了不起的工作，但我似乎還不理解有多少人為了這本書的出版，付出了多少辛勞。說不定還有人為了做這本書而流淚，或是為這本書而無法與彌留的母親見上最後一面，甚至還有為這本書而送了命的人呢。

無論如何，在此要衷心向大家表示深厚謝意，包括擁有本書的讀者們，謝謝大家。

我想今後偶爾還是會在《The Sneaker》寫點東西吧，所以還請大家耐心等待，但是不要太過期待。

二〇〇一年四月二十六日

乙一

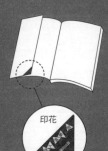